Uguns un nakts
Rainis

Uguns un nakts
Copyright © JiaHu Books 2015
First Published in Great Britain in 2015 by JiaHu Books – part of
Richardson-Prachai Solutions Ltd, 34 Egerton Gate, Milton Keynes,
MK5 7HH
ISBN: 978-1-78435-117-5
A CIP catalogue record for this book is available from the British Library
Visit us at: jiahubooks.co.uk

PROLOGS

Pāri upei mēness meta
Tiltu zelta stariem:
Pārnākt sapņu gariem
Miglai līdz no tumšiem mežiem.
Staru tilts, no liegiem soļiem
Lēni trīsot, zvīgo,
Dzirkstēs viļņi līgo,
Zvaigznes mirgas met kā zivis.
Balsis izšķiras iz tumsas
Neskaidras un baigas:
Dziesmas, vaidi, klaigas,
Saldas skaņas, kara troksnis.
Lēni atnāk sapņu gari
Baltos miglas svārkos:
Melnos ēnu zārkos
Atnes senos varoņtēlus.
Nespēj nāves miegu dusēt
Karā kautie tēli,
Pusnakts laikā vēli
Ilgas dzen tos nākt iz tumsas.
Nepabeigtas senās cīņas,
Uzvara nau gūta,
Atkal, atkal sūta
Niknums kareivjus iz kapa.
Katru nakti nāk tie laukā
Pusnakts laikā vēli,
Modrās ausīs žēli
Noskan mūža cīņas atbalss.
Nāk iz tumsas, kāpj iz zārkiem
Karot garās cīņas:
Šķēps un bruņu zvīņas
Mēness gaismā auksti spīgo.
Kopš pret nakti uguns cīnās,
Vērās naida plaisma:
Naktī tapa gaisma,
Dzīve izlēca iz nāves.

Reizi miers tiem gariem solīts;
Mēness staru tilti
Ved uz jaunu cilti,
Kas to ciņu vedīs galā.

Pāri upei mēness meta
Tiltu zelta stariem:
Pārnākt sapņu gariem
Miglai līdz no tumšiem mežiem -

Miglas lēni plūst; tik silta maija nakts, tik maigi mirdz mēness
ūdenī! - un tur jau viņi nāk atkal - mani maija nakts sapņi! -
Cik sen liekas pagājis tas klusais gaidu un ilgu laiks, tas maijs!
Gandrīz vairs nepazīstu tās mīļās ainas no viņām dienām; tāds
jonis kā vētraina jūra visā tiešamības spilgtumā iegāzās man
dvēselē, tik dedzinoši liesmoja saule, ka dvēselē gandrīz vairs
neatstāja telpas citām ainām.

Bet līdz ar kluso mēnesi un citu gaidu un ilgu pilnu laiku jūs
atkal nākat: garš ēnu gājiens kā bēres, zārks pēc zārka nebeidzamā
rindā, - bet nē, tās nau bēres: atkal kā senā dziesmā tie zārki
atveras, un atkal kāpj laukā vīri, milzeņi varoņi ar bruņām un
šķēpiem, iznāk staltas sievas, seko pulki pulkiem... Tuvu ir gājiens,
un mēnesnīcā es redzu, kā pamazām savelkas izplūstošie tēli un
pieņem veidu; jau es varu saredzēt katru seju: kā vaibsti izceļas,
pamostas gars, lai dzīvotu atkal savu neizsmelto dzīvi un cīnītu
tālāk neizkaroto cīņu.

Tas tu esi, L ā č p l ē s i! Es tevi pazīstu no augsti paceltās
galvas un mirdzuma, ko apsedz vaigs, kā pelni apsedz ogļu gailes;
tas ir Lielvārda dēls, lielais virsaitis!

Viņam līdzās viņa b i e d r i   k a r e i v j i, viņa draugs
virsaitis   K o k n e s i s,   viņa dzejnieks un tautas kareivis   P u m p
u r s.

Tur abi vecīši virsaiši   A i z k r a u k l i s   un   L i e l v ā r d s,
tur vecais, gudrais   B u r t n i e k s.

Zili sudrabainā gaismā, ka pēc lietus vasaras laikā, nāk   L a i m
d o t a;   aiz viņas   b i e d r e n e s   un   k a l p o n e s.

Savrup, lepnu kareivju bara priekšā, sarkani zeltainā spožumā
iet pati valdošā   S p ī d o l a   ar spīdošām acīm.

Notālēm iet ar ņirdzīgi saviebtu seju virsaitis   K a n g a r s,   aiz
viņa tumšs bars. Bet tos visus un   r a g a n u   meitas, un   v e c o   r
a g a n u,   un   v e l n u s   savā priekšā baidīdams, nāk   M e l n a i

s b r u ņ i n i e k s. Sānis gājienam, plašās baltās segās tinies, iet lēni L a i k a v e c i s ar savām trim B a l t ā m m e i t ā m, kā vērodams un apcerēdams un svešs savā vidū.

Straujums un niknums kareivju vaigos. Ieroči skan tepat manā priekšā, - bet skaņas liekas nākam no kapa tāluma. Iet pulki spēji, steigšus traukdamies, bet aizvien viņi tepat manu acu priekšā, es kustību redzu, bet viņi netiek uz priekšu; iet spēcīgiem soļiem, bet kājas neskar zemi un spēcīgie soļi slīd kā dūmi vējā. Kā viņi visi tik stīvi skatās, kā spiežas uz priekšu no neturama spēka! Vienīgi Lāčplēsim es redzu tagad acis zvērojam no iekšēja uguns, un tas liekas visus līdzi velkam; tikai Spīdola iet brīvi, bez spaida un sapņaini.

Ej, Lāčplēsi, ej atkal cīņā! par maz tu uzvarēji, uzvarētājs! uzvari atkal un galīgi, dari savu lielo darbu, iztīri zemi no mošķiem! Vai tu dzirdi tālās balsis? Tie zemes gari, viņu vaidi jau skan tik tuvu, ka mēs viņus sadzirdam; klau, klaudzieni, kas nau vairs vaidi!
T i e v i s v a i r ā k a p s p i e s t i e i r v i s t u v ā k u z v a r a i!

Dzirdi! Viņi Daugavas klēpja dziļumos sargājuši tavu brīvības atslēgu, viņi to spodrinājuši ar savu asaru sūrumu un savu asiņu sāļumu, kas tecējušas Daugavā. Jau spīd atkal tava atslēga, - mēs viņu cilājam, bet vēl mūsu rokas ir par vājām, ej un ņem viņu, un atslēdz mums gaismas pili!

Lāčplēsis iet bez vārda, tik viņa acis zvēro.

Atskan balss kā iz ārpasaules, tas ir Laika vecis:

«Netraucē Lāčplēsi nāves gaitā! Viņa cīņa lielāka, nekā cilvēki redzējuši, viņš iet sevi piepildīties. Ko jūs izjutāt nesakāmās briesmās, ir rīta pirmais svīdums, lielā cīņas diena vēl priekšā; modrējaties, lai nerod jūs gulošus, kad nāks laiks un Lāčplēsis vedīs jūs galējā kaujā. Iekš jums ir tā atslēga un tā pils. Bet, kad arī pils būs atslēgta, v ē l n e b ū s b e i g t a L ā č p l ē š a g a i t a u n s ā k s i e s s k a i s t ā cīņa bez asinīm. Spīdolas valstībā.»

Kad noskanēja vārdi iz ārpasaules un man nodrebēja miesas, es ieraudzīju Lāčplēša uguns acis man pamājam ar smagiem plakstieniem, un Spīdolas lūpas likās man smaidām. Es gribēju uzlēkt, gribēju runāt, saukt, ka mēs iesim, iesim, - bet miglas sajaucās, Laika vecis stāvēja paceltām rokām, baltās segas plati izpletis, gaisma sāka šaubīties, svešādas balsis tuvojās -: gari gāja dzīvot atkal savu dzīvi -

Pusnakts laikā vēli -
Modrās ausīs žēli

7

Noskan mūža cīņas atbalss...

Kur es esmu? - Tā jau ir atkal mana dārgā dzimtene!
Es dzirdu dziedam nebēdīgas dziesmas... vāci ir sākuši nākt, bet vēl latvji ir
brīvi... Tur ceļas senā, brīvā latviešu pils -

Noskan mūža cīņas balss...

PIRMAIS CĒLIENS

Aizkraukļa pils pie Daugavas; liela istaba senlatviešu garšā, bet fantastiski izgreznota. Galds ar krēsliem; gulta; pirmatnēja veida aužamās stelles; visapkārt gar sienu soli; krāsns. Sāk vakarot.

S p ī d o l a, A i z k r a u k l i s; d e v i ņ a s m e i t e n e s kārš vilnu, vērpj un auž. Trīs ģērbušās malnas, trīs dzeltenas, trīs sarkanas.

AIZKRAUKLIS
(Noskatīdamies meiteņu darbā.)
Cik naski skraida mazās rociņas,
Kā baltas pelītes!

KĀRSĒJAS
Kārs, kārs, kārstuve,
Villaino vilniņu,
Pūkas pārslo,
Vāliem vāļojas;
Būs villainīte
Bāliņu apsegt.

AIZKRAUKLIS
Priekš bāliņa, jā gan - tā brangi, bērni!
Un jūs te?
(Uz vērpējām.)
Arī gan priekš bāļiņa?

VĒRPĒJAS
Riti, riti, ratiņu,
Teci, spolīti,
Velc sīku, smalciņu
Baltu pavedieniņu:
Būs manam bāliņam

Balts linu krekliņš.

AIZKRAUKLIS
Būs krekliņš, villaine! - Un, kā vēl trūktu,
(Uz audējām.)
To laikam auž šie čaklie pirkstiņi?

AUDĒJAS
Čir, skrien, šautuve,
Sit, sit, sistava,
Mijas meti,
Diedziņš pie diedziņa,
Būs manam bāliņam
Brūni goda svārciņi.

AIZKRAUKLIS
Nu viss papilnam, prieks vien noskatīties!
Bet nu i gana būs. Laiks visai vēls,
(Uz Spīdolu.)
Ko, meitiņ, caurām naktīm strādāsat?

SPĪDOLA
(Pie loga atslējusies, raugās tālumā: mēness gaismā atspīd viņas
tērps sarkanās, melnās un zelta krāsās.)

AIZKRAUKLIS
Jau ļaudis, Spīdoliņa, runāt sāk,
Ka es tev esot pārāk stingris tēvs,
Tev liekot strādāt līdz pat pirmiem gaiļiem.

SPĪDOLA
Ak, ļaudis nezin, tētiņ, cik tu labs.

AIZKRAUKLIS
Tas nau vēl ļaunākais!
Vēl gluži citādas iet baumas:
Pa pusnaktīm tev esot īstais darbs,
Tu esot ragana - ar visām meitām.

MEITAS
(Iekliedzas un nostāj strādāt.)

SPĪDOLA
(Ātri apgriežas.)

AIZKRAUKLIS
Nē, nē, jūs bērniņi! ko nobīstaties...
Es taču nesaku Mīļ-Spīdoliņ,
Man tādi nieki stāstīti jau sen,
I ausu es dēļ tādiem nepacēlu.

SPĪDOLA
Tad arī tagad, tēvs, to nedari.

AIZKRAUKLIS
Nu, nesirdies vien, mana drostaliņa,
Es tik tā iebildu... Bet lai tās tenkas
Reiz nobeigtos, met mieru darbam, lūko
Sev bāliņu - tavs pūrs nu pilns līdz malām.

SPĪDOLA
(Atkal pie loga.)
Priekš tā vēl laika, tēvs.

AIZKRAUKLIS
Arvienu tu tā saki
Un visus projām raidi, - redzēsi,
Tie nenāks vairs.

SPĪDOLA
Lai iet!
Es esmu čūsku cilts, to neaizmirsti!

AIZKRAUKLIS
Jā, skaidrai jābūt mūsu čūsku ciltij.
Lai pasarg dieviņš, - kā tev acis zib!
Tik dari vien, kā tevim tīkas, dūjiņ,
Tu mīļāka man nekā miesīgs bērns.

SPĪDOLA
Es zinu, tēvs, tu manim esi labs,
Bet atstāj mani manā patvaļā,

Jo vētru nevar lapsas cilpā ķert
Un zvaigzni nevar gudri pamācīt, -
Es esmu skaistākā par visu,
Kas zemes virsū,
Ej pats pie miera, tēvs, un atstāj man-
Man vēl ir laika,
(Sapņaini.)
man ir laika daudz!
Es varu noskatīties, kur pār kalniem
Riet sarkans mēness; aust un atkal riet -

AIZKRAUKLIS
Jā, jā, jau eju; kauli miera grib;
Lai dievs jums palīdz, mīļie bērniņi.
(Aiziet.)

*

MEITENES
(Uzreiz jautri, nebēdīgi, nomet darbu.)

PIRMĀ
Viņš prom ar dievpalīgu, hihi!

OTRĀ
Mums velni labāk palīdzēs nekā dieviņš.

VISAS
Hihi! hihi!

TREŠĀ
Velns mums, un mēs atkal viņam.

VISAS
Hi, hi, hi, hi!

PIRMĀ
Spīdoliņ,
Vai nebij laba mūsu dziesmiņa?
Ko vēl tu esi nejautra?

CITAS
Un mēs, vai arī dziedāt nemākam,
Kā nākas lāga ļautiņiem?

SPĪDOLA
Bij labi, labi -
No jūsu trokšņa visa māja skan,
Ka saskries labie ļautiņi.

MEITENES
Mēs tiem! Mēs pūķi viņiem uzlaidīsim!

CITAS
Mēs dūmus pūtīsim tiem acīs!

SPĪDOLA
Māsiņas, māsiņas,
Lai dziedam atkal m ū s u dziesmiņas!

PIRMĀ MEITENE
Lai vērpjam mūsu diedziņus!

OTRĀ
Lai aužam atkal mūsu audumus!

TREŠĀ
Lai saucam mūsu palīgus!

VISAS
Kur vecene? Kur vecene?
Ko tā aizkrāsnē snauž?

VECĀ RAGANA
(Tiek izvesta no meitenēm iz aizkrāsnes.)
Ū! Ū!

SPĪDOLA
(Uz veceni.)
Vecene, ragana, lec!
Savu sedzeni sedz!
Burvju mākslu māci,

Sāci, sāci!

*

VECENE
Hehe, būs!
Vai mana manta lai rūs?
Hehe, būs.
(Uz meitenēm.)
Kas tie par vārdiem, kurus vecim teicāt
Par baltiem krekliņiem un villainītēm?
Ja gribat, lai man uguns krāsnī kuras,
Tad sakat savus vārdus.
(Tekalē, kurinādama burvju krāsni. Nobīda uz istabas vidu bluķi,
izklāj savu sedzeni un noliek cirvi klāt.)

KĀRSĒJAS
Kārs, kārs, kārstuve,
Karstām kaislībām,
Sarausti, saplosi
Dzīvi kā vilnu:
Dvēselēm putēt
Kā vilnas pūkām.

VĒRPĒJAS
Riti, riti, ratiņu,
Sarkans pavedieniņš,
Kā asins švītriņa
Tek pa krūtīm;
Būs labiem ļautiņiem
Šerpuļu krekliņš.

AUDĒJAS
Čir, skrien, šautuve,
Sit, sit, sistava:
Metos mežģās
Lēkmes un likstas:
Būs labiem ļautiņiem
Mūža nāves svārciņi.

14

VISAS
Darinām, darinām,
Vērpjam un aužam,
Labiņiem ļautiņiem
Darām mēs gaužam.
Tīmekļu tīklā
Nācēju tinam:
Zūd, zūd - ne mīklā
Zudušo minam.

(Vecene bur krāsni, iz kuras velk ugunīgus pavedienus: meitene
šos pavedienus izkar krustām šķērsām pa istabu pie griestiem
līdzīgi spīdzenītēm, pakāpdamās uz soliem.)

VECENE
Uguns, kuries!
Burvība, turies!
Liesmu dzīparus velc.
Kas viņus skar, tam smeldz;
Dzirkstes lai dzirkst,
Dzirkstes lai dzirkst,
Švirkst, švirkst!

MEITENES
Spīdoliņ, sauc, Spīdoliņ, sauc!
Lai nāk, kas jautri,
Lai nāk, kas nau kautri,
Velna skuķiem velna zēnus sauc,
Sauc, sauc!

VECENE
Nekauņas, nekauņas, tikai trakot!
Nopietnus darbus priekš Līkcepura kavē,
Nemāk, kā bur, kā zavē,
Kā elles uguni šķiļ,
Tikai kā puišus viļ!

MEITENES
Bur, bur, bur, bur,
Mums precniekus šur, šur, šur!

SPĪDOLA
Lai acis pirms dara jums redzīgas.

VECENE
(Ietrin meitenēm acis burvju zāles.)
Elles indeve, od,
Dienas gaismu kod!
Ko tumsa sedz,
Acis lai redz!
(Aizskar meitenēm arī ausis.)
Elles indeve, smird',
Ausis lai dzird
Caur durvīm un mūriern,
Aiz sienām un stūriem!

MEITENES
Ā, ā, ā! Lūk, jel palūk!
Viņi nāk!

SPĪDOLA
(Kura, kā pēdējā ietrinusies acis, redz nākam Melno bruņin
i e k u, kurš vēl uz skatuves nau redzams.)
Ko redzu? - Melnais bruņinieks pats!
Ko nāk viņš, tas aklais, mūžam nopietnais?
Es rotaļām negribu to.
Vai ellei tik maz ir dažādības,
Ka labākais tas? - Es aizgriežos nost.
(Ierauga tāpat vēl neredzamo Lāčplēsi.)
Ā, ā, ā!
Kāda vara! Liels un spēcīgs!
Pilns ar dzīvi līdz malām;
Jauns, kā zaļojošs ozols;
Ā, tas būs prieks, tam zarus lauzt!
Pa šķiesniņai saplūkāt to, kā puķi!
Tas dižāks daudz par tevi, mans Koknesi.
Uguns, mans tēvs, dod man zarus, ko degt!

VECENE
Ciri, ciri, cērt!
Vārtus tev būs vērt!
Melni dūmi kūp,

16

Čāpj, čāpj, čāpj,
Rāpj un kāpj.
(Zem bluķa un sedzenes sāk kūpēt un dunēt.)

MEITENES
Ļauj nu cirst, ko niekus vārdo.

VECENE
Tiš, cāļa knābis, trakā bize!
Pa kārtai, pa rindai!

KĀRSĒJAS
(Viena pēc otras cērt ar cirvja pietu pa bluķi.)
Šodien cērtu pirmā, rītu nepazīšu -
(Izlec t r ī s v e l n i, samta svārkos, trijstūru cepurītes galvā,
garās zeķēs, viscaur melni. Sāk deju ar kārsējām.)

VĒRPĒJAS
(Visas trīs, viena pēc otras.)
Šodien cērtu pirmā, ritu nepazīšu -
(Izlec trīs d z e l t e n i v e l n i un dejo ar vērpējām.)

AUDĒJAS
(Viena pēc otras.)
Šodien cērtu pirmā, rītu nepazīšu -
(Izlec trīs s a r k a n i v e l n i un dejo ar audējām.)

SPĪDOLA
Šodien cērtu pirmā, rītu nepazīšu -
(Iznāk lēni, smagi M e l n a i s b r u ņ i n i e k s, akls, atspiedies
uz vedēja. Deja piepeši nobeidzas; meitenes ar velniem bailīgi
atvelkas sānis.)

MELNAIS BRUŅINIEKS
(Uz Spīdolu.)
Es atnāku tev uzdevumu nest.

SPĪDOLA
Es pati sevim uzdevums,
Man cita nau.

MELNAIS
Tev vēlēts iegūt spēku priekš tumsas valsts.

SPĪDOLA
Es pati vien sev vēlētāja,
Es zemeņogu apēdīšu,
Ja vien man tiks.

MELNAIS
Es tevi būtu cēlis
Pār zvaigznēm pāri līdz pat gala tumsai,
Kur valda neminamā, pārvarīgā,
Mūžīgā, nesāktā nakts.

SPĪDOLA
Tā tava valstība, ko man tur darīt!

MELNAIS
Tavs spēks ir liels un valdošs, - vērts
Tās neminamās nakts.
Tu viņas valstij vairotāja būtu, -
Tā tu tik pārejošas zvaigznes spožums.

SPĪDOLA
Es esmu brīva un pati sev..
Tu kalpo pats un kalpot liec.
Tu manim rieb!

MELNAIS
Liktens liek, un viņš notiks.
Arī tu viņam esi padota,
Tev viņa lēmums jāizpilda.

SPĪDOLA
Ko tas man liek? Kas man ir jāizpilda?

MELNAIS
Tev postīt būs to, kas nāk -
Kas jutīsies tik stiprs un tik pārdrošs,
Ka kustināt sāks tumsas pamatus,
Kas iekurs pretestības uguni

Iekš tumšas nakts pret viņas vareniem,
Kas augšā trauks no dziļa miega vergus,
Tos, kuriem mūžu mūžos nolemts snaust -
Tiem teiks, ka viņu asins straume augot
Spēj sagraut mūža stipro tumsas pili...
To postītāju būs tev postīt, -
To būs tev nomākt pašā pirmā dīglī,
Tā liktens tevim liek.

SPĪDOLA
Ja tas tik stiprs - kā saki -,
Ka salauž visus tumsas ieročus,
Kā es lai stājos viņam pretī?

MELNAIS
Tev citi ieroči un cita vara:
Tu esi skaistāka par visu,
Kas zemes virsū - un ko zemais spēks
Nau spējīgs sniegt ar savām rupjām rokām,
Ne veikt un lauzt, un likt sev talkā;
Ko dod tik pārpilnība, laime, miers,
Kas pacēlušies ir pār zemo vārgu, -
Ko dod tik gala aprimšana naktī;
- Tai laimē velc to agri, liec tam rimt
Ar pirmo uzvaru, kad izkāpis
Iz zemuma.
Liec cieši nosēsties un maldus nosviest,
Mest cīņu cīņas dēļ un nemierību
Spiest atpakaļ pie zemes, -
Bet baudas dzert,
Jo ārpus laimes nava skaistuma.

SPĪDOLA
Lūk, kā tu manu varu saproti!

MELNAIS
Jā, zemes virsū dod jau viņam laimi
Un atver visus zemes daiļumus,
Lai viņam mūžam pietiek:
Baudīt un dzīvot, un taupīt sevi,
Un neziedoties, bet citus ziedot,

Līdz visu, kas dzivs ir, nodos un pārdos
Un beigās kļūs gatavs priekš mums,
Un vedīs visus pie kūtrās nakts,
Kas spiezdama guļ pār visu pāri
Un nekustas.

SPĪDOLA
Es kustos pati,
Man klausa visi; jūs vāji bez manis; ej!
Ej, viņš nāk.
Es esmu skaistākā par visu,
Kas zemes virsū un zem zemes ellē.

MELNAIS
Nakts tomēr reiz aprīs saujiņu gaismas!
(Nozūd. Tāpat arī velni viņam pakaļ nozūd; aiziet arī vecene.)

*

PIRMĀ MEITENE
Brr, kāds tas auksts;
Ne elles liesmās nevar sasilt.

OTRĀ MEITENE
Un visiem apkārt uzdzen drebuļus.

SPĪDOLA
Māsiņas, dziedat un pušķojat mani,
Saņemsim manu viesi.

VĒRPĒJAS
Riti, riti, ratiņu,
Sarkans pavedieniņš,
Kā asins švītriņa...
Diedziņš pie diedziņa,
Būs manam bāliņam
Balts linu krekliņš -
(Dziesma, kura bija sākusies raganiski, Aizkrauklim un viesiem
ienākot, top lēna, ar mazu raganisku pieskaņu. Visas sēd tikli un
strādā.)
*

(Ienāk vecais A i z k r a u k l i s, vecais L i e l v ā r d s, L ā č p l ē s
i s, K o k n e s i s un pavadoņi.)

AIZKRAUKLIS
Še, dārgie viesi, mana Spīdola,
Kas strādā tikuši ar biedrenēm;
Mēs viņas pārsteidzām pie paša darba.
Mums, meitiņ, mīļi viesi, tavas ģintis,
Tik trešā augumā no mātes puses,
Mans kaimiņš Lielvārds līdz ar savu dēlu,
Tas lāci pušu pārplēsis, lūk, tā -
Jā, jā - un nu to sauc par Lāčplēsi,
Tādēļ, ka lāci plēsis, to tā sauc.

KOKNESIS
Es arī tevi sveicu, Spīdola!

SPĪDOLA
Sveiks, Koknesi!

LIELVĀRDS
Mēs naktī vēlu pie jums pieklauvējām,
Jo nodomājām, pirms kā tālāk ejam,
Pie skaistās kaimiņienes iegriezties.
Mans dēls, lūk, doties grib uz Burtniekpili,
Tur rakstos mācīties un kara mākslā.
Tam liktens lēmis tapt par varoni,
Kāds nau vēl redzēts latviešos. Mans dēls
Tik stiprs, ka tam pretinieka nau,
Mans dēls -

SPĪDOLA
- Tik labs, ka jāuzņem vēl labāk.
Mēs it kā paredzējām dārgos viesus
Un spīdzenītēm posām istabu.
(Uz Lāčplēsi, kurš stāv kā sastindzis, uz viņu skatīdamies.)
Sveiks, varons nākamais! Mēs gribam censties
Pa prātam iztikt tevim, lai tu mūs
Kā lāci nesaplēstu. - Tekat, meitas,
Ko viesi uzņemt paraugat. - No ceļa
Gan būsat noguruši.

21

MEITENES
(Nokopušas projām ratiņus un darba rīkus, atnes sudraba un zelta dzeramos traukus.)

LIELVĀRDS
Es atkal mājās dodos, Aizkraukli,
Mans dēls lai paliek vēl un paviesojas,
Un tad lai iet ar dieva palīgu
Uz Burtniekpili. -
(Uz Lāčplēsi.)
Esi tikls, dēls,
Un kļausi manus padomus, tie labi.
No liktens lemts, - tā teica vaidelots,
Kas tevi mežā rastu atnesa, -
Tev karot būs pret visu ļaunumu,
Vai naidnieks rietumos vai austrumos.
Mums dzimtu kungu nau, mēs paši vēlam
Sev mierā soģus, karā vadoņus,
Bet pārāks nau neviens par otru;
Tas mūsu spēks. - Ej, sargi Latviju
Un pacel viņu citu zemju starpā.
Bet cieti turies tēvu ierašā,
Mēs - arāji, tas arī mūsu spēks.
Ardievu, mīļais dēls.

LĀČPLĒSIS
(Kā no sapņa atmozdamies.)
Jā, tēvs, es eju.
(Piesit uz grīdas ar garo zobenu.)

AIZKRAUKLIS
Tad vēlreiz, Lielvārd, tukšosim šos kausus! -

LIELVĀRDS
Dievs veselību dod šī nama tēvam
Un skaistai zeltenei, lai dievs ar jums!

AIZKRAUKLIS
Mēs, vecie, iesim; paliekat jūs še.
(Aiziet ar Lielvārdi un pavadoņiem.)

*

SPĪDOLA
Nu, jauno varon, tu tik kluss?
Vai tev še netīk? Meitenes, cienājat viesi. -
Vai še par vienkāršu? Tu vēlies karaļpils?

MEITENES
(Atnes ēdienus, augļus un puķes; palīdz gultu uztaisīt, krēslu
apsedz zeltainām segām un sēdina Lāčplēsi.)

LĀČPLĒSIS
Še brīnišķi! Ak, neredzēti!

SPĪDOLA
Vai esi noguris? Es taisīšu
Tev pati gultu; baltu paladziņu
Tev paklāšu un virsū zvaigžņu segu -
Vēl stāvi mēms - vai mēs tev netīkam?

LĀČPLĒSIS
Ak, tu tik skaista!

SPĪDOLA
Tad nāc jel tuvāk, aplūko jel mani!

LĀČPLĒSIS
Man acis žilbst.

SPĪDOLA
(Paņem kausu un, no savām acīm noņemdama burvību, kaisa to
vīna kausā, kuru dod Lāčplēsim.)
Še, dzer šo vīnu, acis tiks tev skaidras,
Tu redzēsi, cik skaisti ir visapkārt;
Dzer otru: redzēsi, cik tālēs skaisti;
Dzer trešo: redzēsi visskaistāko,
Ko vēlies sapnī skatīt, skaistāko -
Kas zemes virsū un zem zemes ellē -

LĀČPLĒSIS
Es esmu sūtīts karotājs pret elli;

Tas man no Laimas lemts.

SPĪDOLA
Ak, - sūtīts arī tu! Ne pats tu ej?
Tad dzer ir tā; tu redzēsi to sapnī,
Kas skaistākais tev sūtīts, Laimas dots,
Kas visuskaistākā par visu,
Kas zemes virsū un zem zemes ellē.

LĀČPLĒSIS
(Dzer trešo reizi.)
Es gribu redzēt to ar acīm,
Ak, kāda līksme man caur kauliem līst!
Es jūtu tevi, vara mīlīgā.
(Atsēžas uz gultas, atzveļas spilvenos.)
Uz tevi visas ilgas mani velk
Ar liegām, maigām saitēm,
Tik lēni, lēni -
Viss stingums raisās, acis nežilbst,
Baltā, rāmā gaismā atpūšas acis.
Miers, miers, - kā kūstoša vēsma -
Salda laime,
Tu, Laimas man dotā, Laimdota!
(Viņš pamazām iemidzis; līdzi arī istaba pamazām aptumsusi, un
tagad gluži tumši. Tumsā atspīd balsans gaišums, kurā beidzot
parādās L a i m d o t a, zilā un baltā tērpā, apspīdēta no
sudrabgaismas.)

SPĪDOLA
(Pārsteigta.)
Ā, ā! - tu un ne es!
Tu būtu skaistākā, ne es! ne es?
Lāčplēsi, tu manis neilgojies?
Bet viņas! Ā, nožņaugt tevi!
(Piesteidzas viņam klāt, bet apstājas klausīties Laimdotu.)

LAIMDOTA
Nāc, nāc, nāc!
Es tevis ilgojos sen -
Mani dienu sēras māc,
Mani nakti sapņi dzen,

Sen, sen!
Caur mežiem un siliem,
Caur laiku un telpu
Klīst, aizturot elpu,
Pa debešiem ziliem
Mans gars pie tevis, pie tevis -
Sen, sen!
Es tevi sapni redzu,
Es nāku, es tevi sedzu,
Nāc, nāc, nāc!
(Parādība tuvojas Lāčplēsim un aizskar viņa segu.)

SPĪDOLA
Nost! ej nost!
Izzūdi, sapņu tēls, viņš mans.
(Parādība nozūd. Lāčplēsis uzmostas un uzlec, pakaļsteigdamies parādībai.)

ĀČPLĒSIS
Ak, kur tu izgaisti, laimības zieds?
Tu, mīļotā, sen ilgotā, neredzētā!
Tu, zilā debess, tu, dvēseles prieks! -
Mana baltā diena!
Laimesmāte, no tevis tā dota, -
Es steidzos tev pakaļ, ved mani, zvaigzne!

SPĪDOLA
Atmosties, atmosties, jauno varoni!
Par tavu sapni skaistāka
Šī patiesība!
(Istaba izgreznota kā burvju pilī; visa pārlieta ar sarkanu gaismu.)

LĀČPLĒSIS
Ak, kur es esmu? Kāda burvība!
Šī nemierīgā liesmu jūra bango
Pret visiem maniem prātiem.
Miers, kur tu aizbēdzi?

RAGANU MEITENES
(Sāk ap Lāčplēsi diet burvīgi kairinošā dejā.)

LĀČPLĒSIS
Man grīda zem kājām grīļojas;
Kā viss vijas, kā mijas,
Viss neizprotamā saskaņā saistās.
Sapnis, sapnis!
Uguns un dzīvība laistās,
Ak debess, cik skaistas!
Nē, nau debess!
Man dzīslās kvēlo -
Acis spilgtākas ainas tēlo -
Žēlo, žēlo!

SPĪDOLA
Vai tavas acis nu gaišākas top?
Vai redzi plūstošo dailes greznumu
Pār visu, kas zemes virsū un zem zemes ellē?
Lūk, manā rokā viss dots!
Es turu mēnesi ar visām zvaigznēm,
Es laimei atveru vārtus, es aizveru -
Esi mans, esi mans!
(Nemierīgās liesmas nodziest; parastā gaisma; meitenes nozūd.)

LĀČPLĒSIS
Es esmu Pērkoņa, es viņa sūtīts.

SPĪDOLA
Es esmu es, es pati nāku.
Es pati aizeju, es nezinu, kurp, -
Kurp tīk -
Es spīdu pati iz savas gaismas,
Es Spīdola,
Uguns mans tēvs,
Iz zemes iekšas mūžīgās liesmas,
Visas dzīvības degošā dvēsle, -
Nāc man līdz, kur skaistums kaist!

LĀČPLĒSIS
Es sūtīts cīņā.

SPĪDOLA
Es visu zinu, varu tev palīdzēt:

Es varu vēlēt vējiem pūst,
Iz savām rokām krusu kā graudus sēt,
Ka tavi pretnieki rindām grūst;
Es sniega mākoņus spēju kaisīt,
Visus debess spēkus raisīt
Par palīgu tev.

LĀČPLĒSIS
Man nevajga palīga;
Man pašam spēks, lielāks par tavu,
Kā lācim.

SPĪDOLA
Pats lācis esi
Ar savām pinkainām lāča ausīm.

LĀČPLĒSIS
Tu, dzi, manas lāčausis neaizskar!
Jā, dēls es lāčumātei
Kā visas latviešu varoņuciltis,
Un lāčausīs viss mans spēks,
Par kuru nau lielāka vairs
Ne visām raganām kopā,
Kas uguni pūš un sniegu laiž;
Es sūtīts iztīrīt zemi no netīriem mošķiem.

SPĪDOLA
Pats tu netīrs un rupjš kā maiss,
Tu, lāča bērns, Jempis,
Pag, zināšu - lāčausīs tavs spēks, -
Bet es, lūk: vijīga, smalka čūskas meita
Ar čūskas zobiem.
Es visuskaistākā par visu,
Kas zemes virsū un zem zemes ellē,
Man padots viss, un es valdu.

LĀČPLĒSIS
Mans sapnis skaistāks par tevi, -
Tā Laimdotas aina,
Kuras es ilgojos, kuras es dzenos, -
Ne tevis, tu, liesma.

SPĪDOLA
Tad jūti manu spēku!
(Uzliesmo atkal liesmu gaismā.)
Es varu nīst!
Caur visu pasauls ēku
Tev būs bez elpas klīst
Pēc manis, Spīdolas, kas spīd,
Kas tev mūžam iz rokām slīd.

(Dziestošos staros, kas uz viņas kavējas viņa atkāpjas no Lāčplēša
uz logiem; aiz viņas meitenes; liesmu gaisma pamazām nodziest,
tumst.)

SPĪDOLA
(Pakāpusies pie loga, tiek apspīdēta no mirdzošas gaismas, kamēr
apkārt tumšs, - līdzīgi Laimdotas parādībai.)
Pēc manis tev slāpt un salkt; -
Un, kad būsi aizelsies, smacis; --
Pacel acis, pacel acis!
Pēc manis vēl karstāk tev degt un alkt.
Spīdola mūžam spīd,
Bet tu ceļos krit'!
(Viņa nomet melno segu un stāv mirdzoši baltā tērpā.)

LĀČPLĒSIS
Ā!
(Aizspiež ar rokām acis.)

SPĪDOLA
Spīdola spīd, Spīdola spīd,
Pār tumšiem priežu mežiem slīd,
He, raganas, he, he, he!

LĀČPLĒSIS
(Kā atgaiņādamies, acis ar vienu roku aizturēdams, cērt ar zobenu,
noraudams spīdzenītes, bet viens spīdošs burvju pavediens paliek
pie viņa zobena pielipis. No griestiem spīdzenītes kā uguns
dzirkstis krīt uz Lāčplēsi, kurš pakrīt zemē.)

SPĪDOLA
(Nozūd. Zelta gaismas stars apdziest.)

RAGANU MEITENES
(Pēkšņi visas iekliedzas.)
Ai! Ai! Ai!
(Iz āras pa logiem iespīd tumši sarkans spīdums.)

RAGANU MEITENES
He, raganas, he, he, he!
Ceļamies jau, jau!
(Lāčplēsi apstājušas.)

PIRMĀ
Mēnesis sauc,
Vilks silā kauc -

VISAS
Klau! Klau!

OTRĀ
(Uz Lāčplēsi.)
Ej, lāci, lāci,
Ej, kur tu nāci!

TREŠĀ
Raganas tevi žņaugs!

CETURTĀ
Laimdota velti sauks!

PIEKTĀ
Tu cīņā celsies!

SESTĀ
Dzelmē tu zvelsies!

SEPTĪTĀ
Nespēks tavu spēku lauzīs -

ASTOTĀ
Smiltis tavas acis grauzīs.

DEVĪTĀ
Mēnesis sauc,
Vilks silā kauc -

VISAS
Raganas, he! Raganas, he!
Augšā!
(Viss nodziest un satumst, Lāčplēcis paliek pakritis guļot.)

(Priekškars.)

Augšā!

OTRAIS CĒLIENS

Burtnieka nogrimusī pils ezera dibenā. Pils lielā goda istaba; stikla sienas; pa labi lielas durvis, pa kreisi mazas. Greznuma lietas, ieroči, rakstu tīstokļi, krēsli, galdi, atzveltne. Nakts. Uguns deg apgaismojamos traukos. Aiz stikla sienām viļņojas ezers; garām redz šaujamies dažādus ūdens dzīvniekus un čūskas; stiepjas ūdensaugi.

*

SPĪDOLA

Tev bij dota Burtnieku pils;
Tu varas vārdiem to lejā vilki.
Nu spiežas še iekšā vecais Burtnieks
Un aukstā līdēja, Laimdota, līdz.
Tu lūgdamies lūdzies Līkcepuri,
Lai nedod vēl algu tev pūķa rīklē,
Lai laiž vēl tev dzīvot, un solījies tam
Pret Pērkoni karot un burtniekiem,
Ka mūžam iz tumsības neceltos ļaudis.

KANGARS
Es zinu. Ko atgādini, ka lūdzos?
Tu arī tam kalpo;
Viss darīts tiks, kā gribi.

SPĪDOLA
Tu elles kalps, tu neesi līdzīgs man,
Es kalpoju tikai sev,
Viss, arī tu, ir man rīks.
Ko stāvi dīks,
Dari, ko tev liek,
Še iespiedies Burtnieks un Laimdota līdz.

KANGARS
Es ievīlu pats tos priekš Līkcepura.

SPĪDOLA
Un pakaļ nāks drīz pats Lāčuplēsējs,
Iz pūķa rīkles tev, nelga, izplēsīs pili.
Sauc kopā še kalpu garus,
Lai saraujas klints, lai saspiež eju uz pili,
Ūdens pāri lai šļāc un priekšā gāž
Kūtrās smilšu kaudzes.
Kalpo nu Līkcepurim, tu, tumsas kalps,
Kas lūgdamies līdi pie viņa kājām.

KANGARS
Ko tu mani nievā?
Priekš tevis šo kaunu nesu,
Priekš tevis gribēju godu un varu gūt.
Un ļaudis jau ciena mani, man tic;
Es visus vadu kā tautas vadons,
Es padoma devējs un vienīgais gudrais.

SPĪDOLA
Un kāds tad tavs padoms, haha!
Kurp viņus ved? Uz tumsu, haha!

KANGARS
Jā gan, es kalpoju tumsībai
Un ļaudis turp vedu,
Lai varu tev likt pie kājām,
Un kas tad ar liels, ka ļaudis vedu uz tumsu?
Tumsa tomēr reiz uzvarēs saujiņu gaismas.

SPĪDOLA
Cik laipni tu atvaino sevi.

KANGARS
Nedaru es, darīs cits un paņems godu;
Tumsa uzvarēs arī bez manis -

SPĪDOLA
Tik vien sevi cieni: ka iztiks arī bez tevis?

Jā, iztiks bez tevis,
Bet līgts, tad kalpo.

KANGARS
Es zemojos tavā priekšā, bet varu gūšu,
Ne strauji kā tu, bet lēni lienot,
Es vedu uz tumsu, bet ļaudis nemana to.
Es tikšu liels pie Līkcepura.
Mēs Rīgā uzcelsim tumsības varu,
Pie Romas pievilksim vienu pēc otra,
Jau Koknesi pierunāju braukt turpu līdz,
Kad būsi tam laipna.

SPĪDOLA
Nē, līdzi tam Laimdota brauks,
Tā aizvilks Lāčplēsi prom.

KANGARS
Nē, nē, Laimdota ne.

SPĪDOLA
Sev tīkodams, laidi to pilī iekšā,
Bet aizies i viņa, i pils.

KANGARS
Man Laimdota tava vietniece būs;
Tu pati jau nenāc pie manis;
Tu viņa, neveiklā lāča, tīko,
Ko viņš gan pārāks par mani?
Mēs bijām abi jaunības biedri,
Viņam tik spēks bij, bet prāta necik.
Ne burvības iemāka, pats esot stiprs,
Ar to tas domā sev pasauli iegūt.
Bet es,
(Uz Spīdolu.)
Priekš tevis es nodevos peklei -

SPĪDOLA
Ak, ne priekš manis,
Priekš naudas.

KANGARS
Un nu tu Lāčplēša dzenies; kam taisni viņa?
To nīst katra dzīsliņa manās miesās!
Es tev būtu devis visu.

SPĪDOLA
Ko tu, kalps, vari, kad tavs kungs pat to nespēj?
Tu man neesi vajadzīgs, ej.

KANGARS
Priekš tevis viss, viss kauns, viss nākošais sods!
(Viņš lūko tuvoties Spīdolai.)

SPĪDOLA
Nost!

KANGARS
Ko tu tik lepna!
Neveiklis lācis par tevi smejas.

SPĪDOLA
Vergs, kalps, suns! Ko tu uzdrīksties?
Tu pazemotais pat par apsmieklu ellei!
Šurp, sīkie velni!
(Saskrien septiņi velni.)

SPĪDOLA
Sakat šim, ko viņš ir pārdevis
Par elles kunga naudu un godu pie muļķiem.

PIRMAIS VELNS
Viņš zemē krita pie velna un apņēmās,
Ka savu tautu nodos nerokās, - fui!
(Spļauj uz Kangaru.)

OTRAIS VELNS
Viņš zemē krita pie velna un apņēmās,
Ka tautas varoņus samaitās, - fui!
(Tāpat.)

TREŠAIS VELNS
Viņš zemē krita pie velna un apņēmās,
Ka ļaudis varmākiem klausīt pierunās, - fui!
(Tāpat.)

CETURTAIS VELNS
Viņš zemē krita pie velna un apņēmās,
Ka brīvības kareivjus kaus un spīdzinās, - fui!
(Tāpat.)

PIEKTAIS VELNS
Viņš zemē krita pie velna un apņēmās,
Ka visus vergu važās kaldinās, - fui!
(Tāpat.)

SESTAIS VELNS
Viņš zemē krita pie velna un apņēmās,
Ka katru brīvu garu nomaitās, - fui!
(Tāpat.)

SEPTĪTAIS VELNS
Viņš zemē krita pie velna un apņēmās,
Ka katru dzīvu dvēseli mērdinās, - fui!
(Tāpat.)

KANGARS
Žēlo mani, žēlo!
(Pakritis uz zemes, rāpjas Spīdolai klāt.)

SPĪDOLA
(Uz velniem.)
Tiš! Tiš!
(Velni piepeši pazūd. Uz Kangaru.)
Pacelies!
(Spīdola, Kangars.)

KANGARS
(Šņāc.)
Tu negantā, tu negantā!

SPĪDOLA
Ko tu šņāc? Es ugunīs tevi saderu.
Kalpo, dari, ko liek.
(Kangars grib aiziet.)
Ā, ko dzirdu? Kas tas!
Tu tūļa, nekrietnais kalps!
Stāvi klusi!
(Klausās un skatās pa logu.)
Zivtiņas lec un zeltā spīd,
Ūdens smiedamies sit pie glāzes -
Ā, ā, viņa nāk, - Laimdota!

KANGARS
(Skaļi iesmejas.)

SPĪDOLA
Klusi!
Kas vēl tur nāk?
Liels, ka ūdens dreb;
Zalkši nerimus šaudās,
Dzelznēs meldri līkst,
Dūnas plok,
Jūras zāles kā slēpdamās lodā -
Lāčplēsis!
Par vēlu aizsargāties!
Sauc pusnakts pekli uz cīņu, tec!
Tu slastā ienāci, lāci,
Slastā ūdeņi tevi žņaugs!
Kurini visus cepļus, kalps!
Mēs svilināsim tam spēka ausis!

KANGARS
Vai lācim spēka ausis?

SPĪDOLA
Lai dzelžus karsē, zārku lai nes. -
Es tevi ieslēgtu ņemšu sev līdz! - Tec!
(Viņa skatās pa lielo durvju pusi.)

KANGARS
Hahaha!

SPĪDOLA
Klusi, vergs! -
(Viņu atkal aizturēdama.)
Skati!
Bez krāsas gludi linu mati -
Bez krāsas ūdenszilganas acis,
Un pēc tādām viņš ilgās smacis! -
Bez krāsas pienabālgani vaigi,
Un tie viņam likās tik mīļi, tik maigi!
Kāda auksta un garlaicīga, un stīva -
Ne sprikst, ne kvēl, ne glaima, ne spīva!

KANGARS
Nāk, - aši, bēdz!

SPĪDOLA
Klusi!
(Stāv, aplūkošanā nogrimusi.)

KANGARS
Bēdz! Klau, kā ūdens vaida!
Ko viņš visu dzelmi tā baida?
Zuši pie glāzes mutes grūž -
Vēži rāpjas, sami dūņas pūš -
Ū! - neomulīgi top manim - nāc!
Ūdensčūskas tīstās un šņāc -
Un kas tad šā lielums? Tik gāzt, ka viss šķaidās -
Nu viss tam piekrīt, to mīl, tā baidās!
Cieta piere no kaula,
Bet tukša kā rieksta čaula!
Pag, es tevi lēnām izpētīšu,
Kur tev tas spēks.
Es tevi nodošu, uzrādīšu,
Tu, varon, tu! Kas man vairs grēks?! -
Bēgsim, Spīdola, bēgsim!

SPĪDOLA
(Kā atmozdamās, savus melnos matus purinādama.)
Lūk, šīs melnās čūskas kā dzirkst -
Tavi lini lai asaru mārkā mirkst!

(Abi aizsteidzas.)
(Vispārīga kustība aiz sienām, tad nozūd visi zvēri. Starpbrīdis, ezera šņākšana, vētra, zivis sitas.)

*

(Ienāk L a i m d o t a, paspīd zelta zivtiņas, ūdens viegli laistās; kad vēlāk ienāk L ā č p l ē s i s, viss apkārtnē pieņem skarbāku krāsu. Viņš durvīs paliek stāvot, aplūkodams ieročus un greznuma daiktus.)

LAIMDOTA
Ezers stāv baigi, drūmi,
Retas zivtiņas spīd,
Velkas kā birga un dūmi,
Kas gaismu nenovīd.
(Uz Lāčplēsi.)
Nāc, nestāv' kā bērns, kas brīnās ik skatam.
Es vedu tevi šai galējā dziļumā,
Kur jūtu i sevi no trīsām kratām,
Kā liktens tuvumā,
Man jārāda tomēr tev i vispēdējais.

LĀČPLĒSIS
Laimdota, kāds še nospiedošs gaiss!
Tāda pekles smaka,
Dziļš un tumšs kā bezdibens aka.

LAIMDOTA
Nāc, stājies man ciešāk klāt,
Tas nāk no bezdibens liesmām;
Šī vieta un stunda ir pilna briesmām.

LĀČPLĒSIS
Ļauj mūžam man tevi tā apsargāt!
Kāda laime turēt tēvi, tu dievišķā.

LAIMDOTA
Ak, nē, nē, nē; nevēlies še tā!
Tais tīstokļos rakstīts: kas mani gūst,
Tam sirds no vienām bēdām lūst. -

Skat, jel skat, kas tur spīd!
(Aiz glāžu sienām spīd divas dzirkstis.)

LĀČPLĒSIS
Kāda zelta zivtiņa garām slīd.
Bet teic, ko mani šurp atvedi,
Mācīt vai dot kādu pavēli?

LAIMDOTA
(Cīņā ar sevi.)
Man vajaga tev tomēr teikt! -
Ja nesaku, pils vēl dziļāk grims,
Tad mūžam vairs gaisma neatdzims -
Tad dzirdi - šausmas! - ātrāk tik beigt! -
Pa visu pagātni liku tev izstaigāt,
Visu viņas godību rādīju,
Viņas gudrību mācīju,
Tā paliek aizvien tā pati;
Sevi pilnīgu darīt, sevi citiem ziedot,
Lauzt gaismai ceļu, verdzību kliedot, -
Droša sirds, stipra roka un gaiši skati, -
(Bailīgi lūkodamās.)
Lūk, lūk, kādas kvēles tur mirdz!

LĀČPLĒSIS
Tās ezera zvaigznītes, mana sirds -
Bet teic, ko mani šurp atvedi?
Vai še kādi slepeni naidnieki?

LAIMDOTA
Ak šausmas! -
(Uz Lāčplēsi.)
Es teicu, ko zināju;
Nau vairāk burtniekiem mācību.
Viss dots tev, kas ir mūsu tīstokļos,
Tevi vedu šurp, lai atvados -

LĀČPLĒSIS
Bet es negribu iet, tik darbu rodi,
Kur mākslu un spēku pielikt dodi.

LAIMDOTA
Man tev darba nau -
Vai! vēls top, jūra viļņo jau -

LĀČPLĒSIS
Nau darba? Tas viss, ko mācīji?
Kā? lai man sarūst šie locekļi?

LAIMDOTA
Es vedu tevi, cik varēju,
Nu staigā pats tālāk -
Nē, nē - pa mierīgu ceļu, pa laimīgu.

LAČPLĒSIS
Ko, negribi, ka man tiek uzvara?

LAIMDOTA
Ak, arī tā būtu briesmīga.
Ej vien, - še gaita man iesākas,
Še lai mans liktens izbeidzas, -
Es ilgojos tevis, zieds saules tvīkst, -
Nu redzēju tevi, nu viss lai nīkst, -
Varbūt, ka tad briesmas tev garām iet -

LĀČPLĒSIS
Tu mīļā, tu baltā, es negribu iet,
Es tevi mūžam turu ciet.

LAIMDOTA
Tad bēgsim tūdaļ!
Ak, briesmas, briesmas!
Vai redzi, kā draud tās divas liesmas?
(Divas dzirkstis aiz logiem pieaugušas kvēlē.)
Bēgsim no liktens, kas baida,
Dzīvosim klusi, lai gaismas pils gaida!

LĀČPLĒSIS
Ko mani vil: drīz soli, drīz liedz?
Ko vedi šai peklē,
Ja ne cīņas priekš manis meklē?
Nomalas laimīti sniedz?

Vai tu jel tā, ko es cerēju,
Kas vesiu uz gaismas augstumu?

LAIMDOTA
Ak, briesmas, briesmas tev draud!
Lielākas, nekā tu iedomāt jaud.
Tevis veikti visi nezvēri,
Tu laimīgi izcīnījies ar igauni:
Še tumsas patvaldnieku sastapsi;
Še šodien pie liktens svariem tu stāvi, -
Ņem sev klusu laimi vai - varoņa nāvi;
Caur mokām un briesmām tev iet ir lemts,
Priekš manām acīm tu man tiksi ņemts.
Es redzu, ka tavs zobens lūst,
Es redzu, ka asins no auss tev plūst,
Tu krīti un nebeidz cīnīties,
Mūžam vienās mokās aizelsies -
Šķīst uguns, un ūdens šļāc -
Glābies, pie manis nāc -
Manas rokas tevi slēdz -
Vēl liktens vēršams, ja cīņu bēdz --
Bēdz, nāc, bēdz!

LĀČPLĒSIS
Ho, varons, ho! Kādas briesmas, teic?
Es jūtu, iz briesmām darbs mani sveic,
Teic, jel teic!

LAIMDOTA
Es nevaru, bēdz!

LĀČPLĒSIS
Ne reizes nebija, ka tu tā bijies;
Kāda pils? Ko baidi? Ko tā vijies?
Es sūtīts pret visu Ļaunu, to ārā dzīšu;
Vai tu to slēp? Tevi runāt piespiedīšu!
Vai tu viltus tēls, -
Kaut arī cēls?

LAIMDOTA
Ak, nē, jel nē - cik ļauni tās acis mirdz!

41

Tevi atdodu viņām, kaut asiņo sirds.
Tad klaus':
Tur visam guļ pēdējā atslēga,
(Rāda uz mazajām durvīm.)
Tur visa dzīves gaisma guļ apburta,
Tā guļ un gaida,
Lai spēks un drosme to augšup, ļaudīs, raida.
Kas spēj še pusnakts briesmas ciest,
Tass spēj manas tautas verdzību kliest,
Kas paliek pusnaktī še un nenomirst,
Tas vergu važas spēj pušu cirst,
Tad gaismas pils iz ezera nāk.
No jauna rīta
Es līdzi tieku atpestīta,
Es tevi kā līgavaini sveicu -

LĀČPLĒSIS
Ho, ho, vai nu tevi veicu!
Tu gribēji manim laimi liegt,
Likt sīkā ikdienībā stiegt,
Tu ļaunā, labā!
Ho, nu tu būsi mana,
Nu, nerunā, nu gana -
Kur niknākais pretnieks, ho?
(Sit pulkstens.)

LAIMDOTA
Ak vai! jau pusnakts sit,
Divpadsmit!

LĀČPLĒSIS
(Viņu skūpsta.)
Hoho, hoho, lai sit,
Es paspēšu skūpstīt divreiz divpadsmit:
Ho, ho! hoho!
(Atbild uz pulkstens sitieniem.)

LAIMDOTA
Tur atslēga guļ, kas brīvību slēdz -
Ak, nē, nē, bēdz!

LĀČPLĒSIS
Kur? tur?
(Metas ar zobenu uz mazajām durvīm.)

LAIMDOTA
Ak, gaidi, ap pusnakti
Tu viņu spīdam redzēsi,
Bet briesmas to sargā -

LĀČPLĒSIS
Visam par spīti!

LAIMDOTA
Bet, mīļais, vienīgais, ja tu krīti?

LĀČPLĒSIS
Hoho! es nemāku krist;
Tikai sist!
Hoho!

LAIMDOTA
(Dod viņam spoguli.)
Še, manu dvēseles spoguli ņem,
Pret slepeniem spēkiem tas sargu lem,
Ja lūsti tu, lai līdzi lūst,
Mana dvēsle ar tavu kopā plūst.

LĀČPLĒSIS
Pēc stundas mēs būsim vienoti,
Pils jaunā gaismā laimoti.

LAIMDOTA
Es aizeju, lai tu man netieci ņemts,
Tā bija liktens burtos lemts -
Kā tās acis tur ellišķi mirdz,
Kā čūskas zobus ņirdz!
(Aiziet.)
(Pamazām aiz sienām atkal salasījušies zvēri.)

LĀČPLĒSIS
Hoho! Ej, mana līgava!

Nāc laukā, brīvības atslēga!
(Atspīd atslēga, Lāčplēsis metas tai klāt. Tad elles troksnis; saceļas
viesuls; zvēri šaudās; šņākšana; visapkārt sienas kvēl.)

*

(Lāčplēsis.)
(Saskrien v e l n i ar sarkani kvēlošām dakšām, kapliem un citiem
ieročiem.)

VELNI
Kruķus karsēt, krāsnis kurt,
Dzelzu dakšām vīru durt:
Čuš, čuš, puš!
Rituļos tam rokas raukt,
Stiprās dzīslas stīpās žņaugt,
Džinkš, džankš, žvankš!
Karstiem kapļiem krūtis plēst,
Zaļiem gabaliem to ēst,
Švirkš, šņirkš, čirkš!
(Lēkā Lāčplēsim apkārt, zobus ņirgdami un šņirkādami.)

LĀČPLĒSIS
Hoho! žvirkš!
(Ar roku atmezdams.)
Vārnulēni, kovārnēni, žvirkš!
Vai jums lielāka velna nava,
Ar ko kauties būtu slava?

VELNI
(Apjukuši, burzmā, viens caur otru saukdami.)
Kas tas tāds ir? Kas tas tāds ir?
Visus melnos velnus kā kovārņus šķir!
Kur tik vien dveš,
Visas liesmas dzeš;
Kurš nāk klātu kost,
Tas atsprāgst nost:
Rokā tik viens šķēps,
Kur tas tāds spēka klēps?
Notālēm projām mūs sper,
Neredzamas dzirkstes ber!

SPĪDOLAS BALSS
(Aiz sienas.)
Jums, gļēvuļiem, rīkstes kals,
Karsta vara riteņiem muguras mals!

VELNI
Au, au, au, au!
(Uzbrūk atkal Lāčplēsim.)
Kruķus karsēt, krāsnis kurt,
Dzelzu dakšām vīru durt,
Čuš, čuš, puš!
Rituļos tam rokas raukt,
Stiprās dzīslas stīpās žņaugt,
Džinkš, džankš, žvankš! - au!
Karstiem kapļiem krūtis p)ēst,
Zaļiem gabaliem to ēst.
Švirkš, šņirkš, čirkš!
Au, au, au!

LĀČPLĒSIS
Hohoho!
Lecat, lai kūp vai tvaiks,
Būs īsāks man laiks!

VELNI
Au, au, au, cik ciets!
Au, au, au, stāv kā miets!
Au, au, au!
(Piepeši nozūd.)
(Viss apklust; liesmu kvēles nodziest, tik Spidolas acis vien vēl
mirdz.
Tad apmetas bāla, spokaina gaisma; krīt retas sniega pārslas, logi
apledo, salas sprādzieni.)

*

(L ā č p l ē s i s. Ierit vaļējs zārks ar mironi.)

LĀČPLĒSIS
Kas tev te ko nākt?

MIRONIS
(Dobjā kapa balsī.)
Man vajga tevi līdzi vākt.

LĀČPLĒSIS
(Atvēzējas ar zobenu cirst.)
Še tev tava alga!

MIRONIS
Tu netiec vaļā no mana valga.
(Mironis nomet līķa autu, un Lāčplēsis redz sevi pašu zārkā.)

LAČPLĒSIS
Ā, es! Tas es!
Kurp ved? - Man dairs!

MIRONIS
Pa gludo ceļu. Dod spalvu no ausīm:
Bez moku mūžu kā visiem tev ļausim.

LĀČPLESIS
Es moku nebaidos vairs!
Nau pagātnei varas, mans ceļš ir jauns.

MIRONIS
Tavs ceļš ir bargs, tavs gals ir ļauns, -
Es dodu tev mierīgu daļu.

LĀČPLĒSIS
Es gribu sevim un citiem vaļu -
Tu brīvībai ceļā man nestāsi,
Nozūdi, izgaisti!
(Zārks nogrimst.)
Atslēga, atslēga,
Pils vārti vaļā tev jādara!
(Metas atkal pēc atslēgas; viņam cērtot, pretī atdarās durvis:
redzams liels pūķis; tas izpūš uguni, kas apgaismo skatu.)
(L ā č p l ē s i s; p ū ķ i s; vēlāk S p ī d o l a.)

*

46

LĀČPLĒSIS
Hohohoho!
(Cērt, bet pūķis atraujas.)

SPĪDOLA
(Parādās aiz pūķa: čūskas pār pleciem, odzes matos.)
Stāvi, mans tēvs, tu pavēlnieks, stāvi!
Vai šis pirmais, ko kāvi?

LĀČPLĒSIS
Hoho!
(Cērt, bet pūķis atkal atraujas.)

SPĪDOLA
Spīdola mūžam spīd,
Lāčplēsi, ceļos krīt'!
Lūk, mani melnie mati dzirkst,
Tavs zobens lūstot šņirkst;
Mani melnie mati šņāc,
Lāci, tevi māc, tevi māc!
(Viņa krata matus un sviež vienu odzi no matiem, un Lāčplēša
zobens nokrīt zem.)

LĀČPLĒSIS
(Izrauj spoguli un tura viņai pretī.)
Tu negantā, brīnišķā!
Ko čūskas tā krati?
Šurp spoguli skati!

SPĪDOLA
(Nozūd.)

LĀČPLĒSIS
(Nocērt pūķim kroni no galvas un nosit pašu; tas beidzas šņācot un
rūcot.)
(Saceļas viesulis pa uguns apdziest. Atspīd atkal gaisma no
atslēgas. Lāčplēsis to paņem un atkrīt noguris uz ceļiem.)

*

47

(Lāčplēsis viens, vēlāk Baltās meitas.)

LĀČPLĒSIS
Laimdota! Laimdota!

SPĪDOLAS BALSS
(No tālienes smejas.)
Haha, hahahaha!

LĀČPLĒSIS
Tumsa, bēdz!
Atslēga, slēdz!
Kāp augšā, brīvības pils!
Kur zelta saule, kur debess zils.
Še, ņemat! Gaisma, laime visiem, visiem!
Es noguris.
(Atlaižas uz sūnām un meldriem apaugušas cints.)
(Pa sapņiem.)
Laimdota, Laimdota!
(Krēslā parādās spožs gaišums, no kura iznāk t r ī s B a l t ā s m
e i t a s. Viņas apstāj Lāčplēsi, ar baltiem plīvuriem tam miegu
vēdinādamas.)

*

(Lāčplēsis un Baltās meitas.)

PIRMĀ
Caur tevi jauna diena aust.
Dusi pats, tagad dusi!

OTRĀ
Nevienam nebūs vairs sērot un gaust,
Tu vien spēji tumsības varu lauzt, -

TREŠĀ
Roka tev piekususi,
Dusi, nu dusi!

PIRMĀ
Jūt jaunu dienu elpojot,

Dusi šo brīdi, vēl dusi!

OTRĀ
Ne ilgos mūžos sev mieru rod,
Kas visiem mums gaismu un laimi dod.

TREŠĀ
Lai sirds tev nau piekususi,
Dusi, vēl dusi!
(Viņām lēni aizejot, parādās L a i k a   v e c i s   V i d e v u d s.)

*

(L ā č p l ē s i s;   L a i k a   v e c i s.)

LAIKA VECIS
Tev manas meitas mieru vēdināja,
Vēl dusi, mans dēls, vēl dusi.
Tu pārspēji visas Ļaunuma varas,
Pašu ļaunuma patvaldnieku;
Tu ziedoji sevi, tu pārspēji sevi,
Tu esi brīvs un dari brīvus. -
Gaismai tu atslēdzi grimušo pili,
Nu viņas gaisma pa visu zemi staros.
Ļauj Latvijā gaišiem tapt visiem prātiem,
Ļauj visām sirdīm laimību just,
Ļauj visām vaimanām klust.
Vai visi vienādā pilnībā staigā:
Lai visiem darbs, lai visiem dusa,
Lai katram vaļa pēc saules sniegties,
Lai dīgļi dvēslē un galvā nau jāaapspiež,
Lai visi var zelt, tad tauta augs,
Kā puķu dārzs, tāļu smaržojot, plauks.
Es vecais tautas tēvs, es stāvējis
Pie viņas šūpuļa,
Pils brīvības atslēgu es tai kalu,
Tā grima dzelmē, kad tumsai ļāvām mūs mākt.
Ar tumsu mūžam cīņa iet;
Kaut uzcēli gaismu, bet neatlaidies,
Ar tumsu mūžam cīņa iet;
Nesniedz tai roku nekad,

Pats neierobežo gaismu piekāpdamies:
Brīvības atslēgu paturi rokās.
Ja viņa grims, grims pils un tu.
(Laika vecis nozūd līdz ar gaišumu.)

LĀČPLĒSIS
(Pa sapņiem.)
Laimdota, Laimdota!
Nu mūžam tu mana līgava.
Tu nāc, mani silti glaudi.
Saki: mans mīļais, ko ilgi snaudi? -
Klau, liegas skaņas skan,
Ved manu līgavu man. -
(G a i s m a s p i l s kāpj augšā iz ezera, no viņas baltajiem
torņiem atskan zvanu skanas; top arvien gaišāks rīts.)
(Saule uzlec.)

*

(Sanāk Burtnieka ļaudis, kareivji, zemnieki, sievietes, bērni.)

KORIS
Iz tumsas baismas,
Iz pekles plaismas
Pie dienas gaismas
Pils augšup zvīgo.
Iz važām šķeltā,
Pie saules celtā
Mirdz tīrā zeltā,
Pār tālēm spīgo.
Un stalti, spīvi,
Visapkārt brīvi,
Jaunspirgtu dzīvi
Kā starus stīgo.
Kā mīļās glaime
Zied laime, laime, -
Kā viena saime
Cilvēce līgo. -

ĻAUDIS
(Ienākuši atrod Lāčplēsi guļam.)

PIRMAIS
Kāds negants pūķis!

OTRAIS
Viņš blakām guļ saldi!

TREŠAIS
Lūk, salauzts zobens!

CETURTAIS
Bet tomēr veicis!

VĪRI
Celies, Lāčplēsi, mēs tevi sveicam!
Iz bezdibens akas dziļumiem,
Iz verdzības briesmu perēkļiem
Tu cēli pili, mēs varoni teicam!
Mēs tevi redzējām nezvērus,
Tautas spiedējus, varmākus,
Rītos un vakaros naidniekus veicam,
Tu vīriem paraugs, mēs tevi teicam!

KĀZENIEKI
Dūcat, visas dūkas!
Dūdu, dūdu!
Pils iz miega trūkās,
Dūdu, dūdu!
Zaļa vara grīda,
Dimdi, dimdi!
Kāzas tevi mīda,
Dimdi, dimdi!
Rībat visām bungām,
Ribu, rubu!
Varu dauzat rungām,
Ribu, rubu!
Kas būs māsai pūrā?
Mini, mini!
Pils, kas bija jūrā,
Zini, zini!
Rībat visām bungām,

51

Ribu, rubu!
Varu dauzat rungām,
Ribu, rubu!
(Gājienā atnāk līdzi vecais B u r t n i e k s.)

LĀČPLĒSIS
Tēvs, mīļais tēvs!

BURTNIEKS
Mans dēls, mans varoni!
Tu pili gaismā uzcēli,
Nu tava ir daiļākā līgava -

LĀČPLĒSIS
Kur Laimdota? Kur Laimdota?

BURTNIEKS
Mēs cerējām viņu pie tevis!
Visās mājās tās nau!

LĀČPLĒSIS
Tēvs, tēvs, kur tu viņu liki?
Še tev pils, dod man Laimdotu.

BURTNIEKS
(Plēš sev matus.)
Nau, nau, nau!

LĀČPLĒSIS
Es atpakaļ sviedīšu atslēgu -
Dod man manu Laimdotu!

BURTNIEKS
Skrienat meklēt!
Koknesi, tec, sarīko ļaudis!

BALSS IZ BARA
Kokneša nau,
Nau redzēts kopš pusnakts.
(Ieskrien kāds zēns.)

ZĒNS
Ap pusnakti es redzēju!
Pūķrati aizveda Laimdotu;
Es skrēju pakaļ, kur viņa kliedza,
Mana roka viņas nesasniedza;
Es bēdīgs atpakaļ pārnācu,
Mēs neredzēsim vairs Laimdotu.

LAČPLESIS
Man jāredz, man viņa jāredz ir,
Lai pasaule mani no viņas šķir;
Tēvs, es viņu meklēt aizeju,
Es dabūšu savu Laimdotu.

(Priekškars.)

Es dabūšu savu Laimdotu.

TREŠAIS CĒLIENS

Jaundibinātā Rīgā - Daugavas krastā. Priekšā Spīdolas valdnieces telts, liela istaba, bagātīgi izgreznota: senlatviešu izdaiļota barbarība un Eiropas kultūra no 12. gadu simteņa. Pa kreisi Spīdolas troņa sēdeklis, tam gar malām un pretī virsaišu krēsli. Vidū lielas durvis, aizsegtas ar sarkanu priekškaru. Pa kreisai rokai otras durvis uz Spīdolas mazākām istabām; pa labai durvis uz kareivju istabu. Atverot lielās durvis, redzama jaunceļamā Rīga un Daugavas krasts ar vācu kuģiem un latviešu laivām; viņpus upes mežiem apauguši kalni. Gaiša, saulaina diena.

*

(Spīdola stāv pie telts lielajām durvīm, kuras plaši atsegtas, un noskatās uz Daugavas krastu, kur sapulcējies liels pulks ļaužu: latviešu, lībiešu, zemnieku, kareivju, virsaišu, pa starpām arī vāciešu; meistaru un uzraugu. Ļaudis palaiž kuģus, kuri ar Kaupu un pavadoņiem sataisās braukt uz Vāczemi.)

ĻAUDIS
(Dzied atvadīšanās sveicienus; pār visu nomanāmas baigas sajūtas.)
Ardievu, ardievu, laimīgi braucat!
Lai dzīvo Kaupa, brāļi, saucat!
- Vai, vai, mūsu mīļie!
Lai bagātas mantas ved viņš mums,
Lai laimīgs ir viņa atbraukums!
- Vai, vai, mūsu mīļie!
Mūsu māsas un brāļus ved atpakaļ drīz!
- Mums Roma svētību atnesīs -
- Vai, vai, mūsu mīļie!

SPĪDOLA
(Liek aizvilkt priekškaru teltij, aiziet no durvīm smiedamās.)
Jūsu brāļus un māsas ved atpakaļ drīz -
Jums Roma verdzību atnesīs!
(Pieskandina pie vairoga. Ienāk kāds kareivis.)

SPĪDOLA
Sakāpa kuģos?

KAREIVIS
Jā, Kaupa ar pavadoņiem jau sakāpa;
Tev, kundze, godu atdot nāk virsaiši.

SPĪDOLA
Gūstītie kuģī?

KAREIVIS
Nē, viņus vēl kārto, drīz vedīs.
Tos kāda sieviete gumda
Un saceļ rūgumu un pretestību.

SPĪDOLA
Ziņas no Burtniekiem?

KAREIVIS
(Smiedamies.)
Nau vēl, tev nau ko Lāčplēša bīties.

SPĪDOLA
Baidies par sevi, ka līdz tevi neņem.
(Sit pie vairoga; ienāk kareivji.)

SPĪDOLA
Šo kuģī vest līdzi!

KAREIVIS
Ak, žēlo, žēlo, kundze, kundze, kundze!
Mana sieva, mani bērni! -

SPĪDOLA
Prom!

(Kareivis tiek aizvests.)

*

(Ienāk Kangars un virsaiši. Kamēr viņi sanāk un sastādās, pa atvērtām durvīm dzird atvadīšanās dziesmu un darba troksni no ceļamās Rīgas; āmuru klaudzienus, uzraugu saucienus, pa starpām iekliegšanos un vaidus. Durvis tiek aizslēgtas.)

KANGARS
Kundze, še vedu tev mūsu priekšniekus.
Mēs palaidām Kaupu uz Romu.
Šie krietnie Romai pārdeva Rīgu,
Lai pili ceļ mūsu sargātāji
Pret ienaidniekiem no iekšas un āras.
Tie godu tev parādīt grib un padevību;
Tiem dziļi žēl, ka pretestība bij no dažiem
Pret vareno Romu, mūsu labdari;
Tie solās katris savā daļā gādāt,
Ka tas vairs nenotiek ne mūžam.

VIRSAIŠU RUNĀTĀJS
Mēs izdosim tev vainīgos,
Sodi, kā patīkas, tos;
Par atkārtotu pretību
Tev nodevām Laimdotu.
Kas drīkstēs saukt un brēkt,
To - liksim dzelžos slēgt;
Tev, Romas valdniecei, kalposim,
Tev sevi pašus atdosim.

SPĪDOLA
(Īsi un nicinoši.)
Kalpojat, dabūsat algu.

VIRSAIŠI
Sveika! sveika! sveika!
(Troksnis ārpusē. Ienāk kāds kareivis un pieiet pie viena virsaiša.)

VIENS VIRSAITIS
Tur, kundze, gūstītos pašlaik ved.

LAIMDOTAS BALSS
(Pati vēl neredzama.)
Skatat, bāliņi, skatat, māsas,
Ļaujat, lai rit jūsu asaru lāsas,
Ļaujat, lai rit, uz dzelžiem līst,
Lai dzelži mīksti top un rīst.

ATBALSS NOTĀLĒM
Vai, vai, mūsu mīļie!

SPĪDOLA
(Liek atsegt priekškaru: garām ved gūstītos uz kuģiem, Viņu starpā
Laimdota važās, saplosītām drēbēm.)

LAIMDOTA
Ko jūsu gaudas tik gausas?
Vai jūsu acis jau sausās?
Vai asru lāsu jums ir tik vien?
Simts gadiem jums jāraud būs vēl ik dien'.

ATBALSS
Vai, vai, mūsu mīļie!

LAIMDOTA
Šīs rokas bij brīvas, nu varā kaltas,
Asinīs drēbes, un bij tik baltas;
No soļiem dzelžu sprādzes man skan.
Jūs, brāļi, savas vēl nemanāt gan.

ATBALSS
Vai, vai, mūsu mīļie!

SPĪDOLA
Hahahaha, nāk Laimdota,
Izrotāta kā līgava.

LAIMDOTA
Smej, uguns acs, - cik ilgi tu spēsi,
Cik tu pret gaismu uzvarēsi?
Nāks Lāčplēsis, tevi saplēsīs,

- Steidz drīz! steidz drīz! -
Bet tu bailēs trīs'!

SPĪDOLA
Gaidi vien
Vēl dažu labu dien'!
Saplēsts tiks tavs lāčplēsējs pats,
Arī pār viņu ies dzelžainais rats.

LAIMDOTA
Un, kaut tu spētu ar viņu mākt,
Tu nespēj kavēt, kam jānāk, nākt;
Aiz mums stāv citi...

SPĪDOLA
Tu domā tos vergus tur?

LAIMDOTA
Es domāju cietējus še un visur,
Kas panes spaidus un varmācību.

SPĪDOLA
Un tos tu gumdi uz pretestību,
Tiem gribi tu iedot vīrestību,
Priekš sevis un citiem lai ziedotu
Savu dzīvību?
Vergs paliek vergs!

LAIMDOTA
Smej vien un nicini,
Nāks laiks - un vergi kļūs varoņi.

SPĪDOLA
Nāks laiks un - laika spaids.

LAIMDOTA.
Mums neļaus
Dusēt mūsu naids.

SPĪDOLA
No naida jūs cerat pestīšanu?

Nau dzenuļa jums cēlāka?

LAIMDOTA
No naida mēs ceram atriebšanu,
Viscēlākais: apraktā brīvība!

SPĪDOLA
Hahahaha!

LAIMDOTA
Skatat, māsiņas, skatat, brāļi,
Mēs savus dzelžus nesam tāļi;
Mēs ejam tāļi, mēs pārnāksim -
Jums cerēt, tiem drebēt i iztālim.

SPĪDOLA
Vest prom! Liegt runāt tam sievietim.
(Atskan bungas, aiziet ar gūstītiem.)

LAIMDOTA
(Caur bungu troksni cauri.)
Jums cerēt, tiem drebēt i iztālīm.

ATBALSS
Vai, vai, mūsu mīļie!

KOKNESIS
(Iz aizbraucēju vidus.)
Ardievu, sveika, Spīdola,
Dēļ tevis šī gaita man uzņemta.

SPĪDOLA
Nes Romas gudrības gredzenu,
Tad laipni tevi apsveikšu.

JAUNEKĻI AIZBRAUCĒJI
(Puķēm appuškojušies.)
Dēļ tavu acu liesmām
Mēs jūras pārpeldam,
Caur bangām un caur briesmām
Tās redzam spīgojam.

Kaislāk jūra neputo
Nekā vīns iekš kausa,
Dzersim tev šo pēdējo,
Jūra būs mums sausa.
Romu mēs tev atvedam -
Būs tev vaiņags galvā,
Vēl ikviens pa pilsētam,
Būs tev saktas balvā.
Dēļ tavu acu liesmām
Pār jūrām pārpeldam,
Caur bangām un caur briesmām
Tās redzam spīgojam.

ĻAUDIS
(Iz attāluma.)
Mūsu brāļus un māsas ved atpakaļ drīz, -
Mums Roma svētību atnesīs. -
- Vai, vai, mūsu mīļie!
(Durvju priekškars tiek aizvilkts.)

SPĪDOLA
Hahaha! visi vērtībā vienādi,
Uz tiem jūs cerat, fantasti!
Haha!
(Uz virsaišiem pagriezdamās.)
Jūs ejat pie darba!
(Pati aiziet projām.)

*

(V i r s a i š i un K a n g a r s.)

VIRSAIŠI
Ko? Kā? Vai kundze nau mierā ar mums?
Vai izdarīts kāds misējums?

KANGARS
Nē, nē, nekas, tik esat nu stingri,
Lai ļaudis klusi un strādā vingri.
(Aiziet.)

*

VIRSAIŠI
(Atrauj priekškaru vaļā, uz ļaudīm, kas strādā pie būves, bet tagad
žēli noskatās uz aizbraucējiem.)
Ko skatāt? Pie darba! Klau, citi kā kaļ!
Kas projām, tas nenāks vairs atpakaļ.

BALSIS
Vai, vai, mūsu mīļie!

VIRSAITIS
Tik esat klusi un strādājat,
Kas citu ko saka, tam neklausat.
(Virsaiši iziet, tikai divi paliek atpakaļ; priekškars tiek aizvilkts.)

*

PIRMAIS VIRSAITIS
Viss labi, - bet pati tā drusku -

OTRAIS VIRSAITIS
Jā, barga un burve, bet ko? - Nekā -

PIRMAIS
Un briesmonis, nelietis Lāčplēsis,
Ja tas vēl nāk,
Tad mūsu mierīgo laimi vēl postīt sāk.

OTRAIS
Bet Kangars tiešām prātīgs vīrs -

PIRMAIS
Tik gudra otra vairs latviešos nau -

OTRAIS
Cik rāmi nu ļaudis strādā priekš mums -

PIRMAIS
Mums nau ko baidīties, Roma mūs sargā.

OTRAIS
Cik drīz viņš izoda stipro un piespiedās klāt!

PIRMAIS
Būs austrums stiprāks, viņš pielīdīs arī tam.

OTRAIS
Ak, vai tu re, tad viņš visus -

PIRMAIS
- Pieviļ.
(Ārā troksnis.)

ĻAUDIS
Kas tur žib, - kas tur mirdz?
Saule lec, - lec mana sirds!
- Mūsu glābējs steidzas,
Visas bēdas beidzas, -
- Pili viņš cēla pie gaismas,
Viņš aizdzīs mūsu baismas. -
- Lāčplēsis nāk, nāk,
Vārgu ar roku vāk. -

*

LĀČPLĒSIS
Kur tie neģēļi, sakat?

ĻAUDIS
Tur iekšā, tur iekšā.
(Priekškars tiek atrauts vaļā.)

LĀČPLĒSIS
{Uz virsaišiem.)
Kur nelietis?

OTRAIS VIRSAITIS
Vai Lāčplēsis? Tas tālu.

LĀČPLĒSIS
Nē, tuvu, tu Kangara kalps.
Še, ņem savu algu.
(Nosit virsaiti.)

62

Hoho! Nākat laukā, laukā! -

VIRSAIŠI
(Aiz skatuves.)
Vai! vai! vai! vai! vai!

ĻAUDIS
(Pamet savu darbu, uztraukti pulcējas, uzraugi sauc.)
Kā tas žib, - kā tas mirdz!
Saule lec, - lec mana sirds.
- Viņš tumsoņus dzīs,
Spīdēs saule drīz. -

KANGARS
Kas še par troksni? - Ak vai!
(Bēg.)

LĀČPLĒSIS
Pag, stāvi, nebrēcl
Gan brēksi, kad tevi kaušu.
Kur, nelieti, liki Laimdotu?

KANGARS
Ko? Laimdotu?
Es neesmu vainīgs. Es nezinu.

LĀČPLĒSIS
(Viņu sagrābj un krata.)
Saki!

KANGARS
Laid mani, es tavs jaunības draugs.
Tā, tā tur vainīga,
Lūk, tur nāk Spīdola!

LĀČPLĒSIS
(Atgrūž viņu nost.)
(Ienāk S p ī d o l a visā godībā.)

*

SPĪDOLA
Ko manus ļaudis sit un baidi?
(Uz Kangaru.)
Ej slēpies, ko trīci un gaidi!

KANGARS
(Atiet atpakaļ.)

LĀČPLĒSIS
Kur liki manu Laimdotu?

SPĪDOLA
Vai tu vēl sauc to par savēju?
Vai visus prātus pie viņas sēji?

LĀČPLĒSIS
Kur Laimdota? Teic!

SPĪDOLA
Lai teic tev vēji,
Tie pavada tavu meiteni,
Tu nabaga lielo varoni!
Par lielu tava vara,
To nenes būtnes, kas maza gara.
Mans nabaga varons, tu nesaprasts. -

LĀČPLĒSIS
Ko runā? Ko nožēlo?
Es negribu, žēlums man neparasts.
Kur Laimdota? Teic, kur Laimdota?

SPĪDOLA
Neprasi, nau vairs še rodama.

LĀČPLĒSIS
Ko mani vil tu, čūskas meita?
Kur viņu liki? Teic tūdaļ!
(Izrauj zobenu.)

SPĪDOLA
Baidē vergus, kā Kangaru,

Ne mani, valdnieci Spīdolu!

KANGARS
(Iznāk iz nomalas ārā.)
Tā, Lāčplēs, pie visa vainīga,
Tā ragana, varmāka Spīdola!

SPĪDOLA
Jā, lielais varon, tik uzklausies,
Par glābiņu vērgam pateicies.

KANGARS
Es neesmu tavs vergs, tu ļaundare,
Tu zīlniece, tu, tu.

LĀČPLĒSIS
Klus', kalps.
(Sit viņu.)

SPĪDOLA
Tu esi cēls un karalisks!
Vergs, skūpsti viņa kājas!

KANGARS
(Nāc aiz dusmām.)
Tu, tu, tu, es tev! es jums abiem!
Jums nebūs vienam otru gūt!
(Aiziet.)

SPĪDOLA
Vai dzirdi, ko viņš visvairāk baidās?
Ka mēs viens otru gūtu.
Un viņam taisnība.
Mēs būtu nepārvarams pasauls spēks.

LĀČPLĒSIS
Laid, laid, lai paliek!
Kur liki manu Laimdotu?

SPĪDOLA
Jautā labāk, kur tā lika tevi?

Tu nabaga varons!
Tās laiva tur liegi viļņos līgo,
Bet vēl jo liegāk viļņojot līgo
Pie mīļā krūtīm viņas krūtis,
Neatraujami piesliegušās -

LAČPLĒSIS
Sērs un mēris!
Tu zobens neesi vērta.
(Nosviež dusmās savu vairogu.)

SPĪDOLA
Ejat visi laukā! Tā es tevis baidos.
(Visi iziet; durvju priekškars tiek aizvilkts cieti.)

*

SPĪDOLA
Nāc cīņā ar sievu! Nāc!
Tu netici man?
Ar Koknesi viņa aizbrauca.

LĀČPLĒSIS
(Atmetas atpakaļ.)

SPĪDOLA
Tas nebij tik pārāk varons kā tu;
To viņa saprata, ne tevi.
Tik līdzīgs lieliskums spēj tevi saprast,
Brīvs un valdošs gars:
Es viena!
Es esmu visskaistākā par visu,
Kas zemes virsū un zem zemes ellē.
(Arvienu maigāk.)
Mēs divi vientuļi kalnu gali,
Pār mežiem caur tālēm saredzamies.
Viens zilgans debess plīvuris
Mūs abus sedz,
Un vieni mākoņi žēlīgi aizklāj
Ar baltu segu mums zemes zemumu
Un viņas vājās būtnes.

Lai līdzi plandās pār mums
Šis dailes plīvurs un sāpes sedz.
Nāc, Lāčplēs, pie manis!
(Planda pār viņu savu plīvuru.)

LĀČPLĒSIS
(Atmostas iz domām.)
Kāds dīvains spēks man pretī smaršo!

SPĪDOLA
Es, daile, arī esmu spēks;
Tu spēks, es daile, mēs saderam kopā,
Mums mērķis viens ir: pilnība.

LĀČPLĒSIS
Bet ceļi mums mūžam šķiras.
Tu acis apstulbo kā saule,
Tu karsē un dzel, un saldē reizē,
Un mainies tūkstots krāsās un skaņās,
Vil un spīgo, un turi mūžīgā trausmā,
Bez miera, bez mērķa un smejot neziņā ved.
Bet man ir ceļš un mērķis.
Tu nepastāvi, mans spēks ir mūžīgs.

SPĪDOLA
(Vieglā ironijā, tad aizraujošā runā.)
Es nepastāvu, es esmu kā saule,
Es tūkstots krāsās pār zemi laistos -
Bet manā vizumā spīd un dzīvo viss,
Kas skaistā zemē zaļo un debesīs mirdz
Un kas iekš tumšiem klēpjiem guļ briestot.
Es esmu dailes saule, kas visumu gaismo:
Es visam tēlu dodu un veidu.
Un katra būtne caur mani nošķiras
Un pati top par sevi, un, greznās ainās
Atjaunodamās, attīstās mūžam.
Caur mani zāle zaļa un puķes sārtas,
Caur mani zeltaini kukainīts spīd,
Un tavas lielās acis tik zilas,
Kā dziļas akas man pretī veras
Aiz brīnumiem platas.

LĀČPLĒSIS
Jā, tu, - tu esi brīnišķa!
Kā burvība, - kā sapnis...
Tu teicies daile... saule...
Te esi, te zūdi...

SPĪDOLA
Es esmu valdošā daile.
Es nepastāvu, es esmu kā saule,
Mūžam mainos, bet mana daile
Mainoties paliek caur visiem mūžiem,
Līdzīgi tavam spēkam.
Tavs spēks ir lauzts bez manis, tu viens!

LĀČPLĒSIS
Ak! -

SPĪDOLA
Nāc, Lāčplēs, pie manis, tu mans,
Es valdošā daile!
(Uzsedz viņam plīvuru, uzliek roku.)

LĀČPLĒSIS
(Sākumā lēni.)
Tu valdošā daile!
(Tad straujāk un arvien straujāk, beigās saraustītā un nesavaldītā valodā.)
Par agri sev valdību domāji uzcelt!
Visapkārt vēl tumsība valda,
Vara un nešpetnums viešas,
Visu žņaudz riebīgām rokām,
Pūķi un jodi, un čūskas
Tosainu dvašu pūš,
Kur vara skar, tur zaļums bālst -
To vajga veikt, tik tikla to spēj:
Mācēju mākt, spiedēju spiest,
Lai brīvu elpu varētu atvilkt,
Tu pati daile, un apkārt tev nedaiļums,
Tu pati ar daili riebumu zeltī,
Redzi un dzirdi:

68

(Atrauj priekškaru: redz Rīgas cēlējus darbā, dzird viņu nopūtas.)

PIRMAIS
(Iz ļaudīm.)
Rokam, vedam un veļam,
Jaunu cietoksni ceļam.

OTRAIS
Beram vaļņus, tik beram,
Kādu sev patversmi ceram?

TREŠAIS
Sitam akmeņus, sitam,
Pamats un nams būs citam.

CETURTAIS
Rokam mēs, pagrabus rokam,
Paši vēl iekšā tur smokam.

PIEKTAIS
Cērtam mēs, kokus cērtam,
Nedzīvot pašiem pa ērtam.

SESTAIS
Kaļam tik, grūžam tik, tēšam,
Salkumu, slāpes kad dzēšam?

LAČPLĒSIS
(Aizvelk atkal priekškaru.)
Redzi un dzirdi:
Liki pleci, nopūtas, brūces.

SPĪDOLA
(Ar ironiju.)
Man apkārt nedaiļums daili ceļ,
Bet Laimdota ar Koknesi
Vienā skaistumā līgo.

LĀČPLĒSIS
Ā! - Es tos gabalos sacirtīšu!
Kur viņa ir? Kur ir?

Vēl tumsas vara nau veikta,
Tā visu maitā,
Ij Laimdotu!
Te pati tikla top negantība,
Baltās puķes pūst un smarša top nāvīga.

SPĪDOLA
Par augstu tu viņu vērtēji.

LĀČPLĒSIS
Un vienīgi viņa līdzēja tumsu vārēt,
Gaismas pili celt augšā.
Es viņu grābšu vai pasaules galā.
Lai jūrā tveras vai pašā nāves salā!
(Viņš iet uz durvju pusi projām.)

SPĪDOLA
Kur, Lāčplēs, iesi?
Vai vērts viņu meklēt?
Vai vērts ir atriebt? Tā pati sevi atriebj,
Tā nogrims sīkā ikdienas laimē,
Aizgriezdamās no lieluma projām;
Ar skaistu sparu ies savu gaitu,
- Es viņu mīlu kā daļu no sevis: -
Bet, sniegusi mērķi, tā plok.

LĀČPLĒSIS
Ja mīli to, ko šķīri no manis?

SPĪDOLA
Tā daļa no manis, tev vajaga visa.
Es esmu visa.
Mums liktens viens;
Paliec pie manis.
Tev vairāk nau ko rast.
Mēs abi pasauli rokās tversim:
Es esmu skaistākā par visu,
Kas zemes virsū un zem zemes ellē.

LĀČPLĒSIS
Man ceļš ir savs -

Zemi skaidru mēzt -
Ir Laimdotai nebūs būt -
Visam ļaunam būs zust, -
Tik tad man būs miers!

SPĪDOLA
(Nopietni, biedinoši.)
Lai nau ir tad!
No miera sargies!
Bez manis tu noslīksi mierā
Un nesasniegsi ne sava mērķa.

LĀČPLĒSIS
Haha! Es smejos tavu draudu.
Tu nemierīgā un mainošā,
Pielūko tu, ka uz skaidrību mainies
Pati ar savu daili!

SPĪDOLA
(Vēl baigāk, biedinoši, paredzoši.)
Lāčplēs, Lāčplēs, mainies ir tu uz augšu!
(Lūdzoši.)
Paliec pie manis, paliec.
(Apskauj viņu.)

LĀČPLĒSIS
Hoho! Es eju.
(Atgrūž viņu nost.)

SPĪDOLA
(Citā balsī.)
Lāčplēs, tu Laimdotu nevari rast,
Es viena zinu, kur viņas ceļš.

LĀČPLĒSIS
Ā, neizbēgs man!

SPĪDOLA
(Lepni un svarīgi.)
Lāčplēs, Laimdota nebēga,
Caur manu varu tā aizvesta:

Tevi gribēju glābt, no viņas šķirt.

LĀČPLĒSIS
(Atvēzēj ies.)
Ā - negantā, tad tev būs mirt!
(Izstiepj rokas viņu grābt.)

SPĪDOLA
(Izsmejoši.)
Vai mirt? Vai gribi šo spožumu dzēst?
Skat' šurp! - Es liku tiem laivā sēst,
Vienas bēdas ciest, vienus priekus just,
Tālā ceļā dvēselēm kopā kust -

LAČPLĒSIS
Ā! -!

SPĪDOLA
(Smiedamās.)
Un, mirstu es, mirst Laimdota līdz,
Ko tad gan viss tavs pūliņš līdz?
Tā manās rokās nodota,
To vada mana burvība. -

LĀČPLĒSIS
Tu viltīgā!
Es mērķi tomēr sasniegšu,
Es atpestīšu Laimdotu.
Hoho! Hoho!
(Aizsteidzas projām.)

SPĪDOLA
(Paliek dziļās domās, lēni.)
Mainošā, mainies uz skaidrību!
(Priekškars.)

Mainošā, mainies uz skaidrību!

CETURTAIS CĒLIENS

Jūras krasts Nāvessalā.

*

(Spīdola atbrauc pa gaisu un nolaižas zemē baltu gulbju ratos,
saules apzeltītiem mākoņiem; viņas pusē jūra gluda un saulē
vizoša; pūš lēns vējiņš.)

SPĪDOLA
Vēsma pār jūru šņāc.
Mākoņus projām vāc,
Klaidā, klaidā;
Vizumā jūra spīd,
Spīdola pāri slīd
Liegi liegā laidā,
Liegā laidā.

KANGARS
(Atbrauc no otras puses, pūķu ratos, melnos mākoņos, jūrai
viļņojoties, vētrai krācot.)
Vētra pār jūru kauc,
Mākoņus kopā trauc,
Aurā, aurā!
Tumsu un negaisu dveš,
Visu spīdumu dzeš
Jūras zaļā maurā,
Aurā, aurā!

SPĪDOLA
Ko Lāčplēsi šurpu dzen
Nolādētā salā,
Kur ļaudīm par akmeņiem jātop?

KANGARS
Tu liki še samaitāt Laimdotu;
Kur Laimdota, tur Lāčplēsis,
Tiem liktens viens, viens vējš tos dzen.

SPĪDOLA
Viņš manā varā, ne tavā;
Liec vējiem to projām dzīt.

KANGARS
Par vēlu, viņš še jau.
Vai velti viņš stiprākais saucas?
Lai glābj pats sevi šis citu glābējs.

SPĪDOLA
Cilvēks pats sevi nespēj glābt
No apburtās Nāvessalas briesmām.

KANGARS
Nu, lai tad nīkst, tu taču to nīsti.

SPĪDOLA
Bet lielā naidā, ne tā kā tu.

KANGARS
Nu, tad tev būs prieks, ka tas akmens nau tapis,
Bet nokāvis raganu, tavu māti,
Kā Burtniekos nokāvis tavu tēvu.

SPĪDOLA
Ai!

KANGARS
Viņš nokāvis trejgalvi jodu
Un pašlaik cīkstas ar deviņgalvi. -
Klau! - Vai jau neskan tur gaviles?
Tās jodu balsis, man liekas, nau! -
I deviņgalvi viņš pārvarējis!
Visur viņš pārspēj!
I tavu augsto brāļu vairs nau,
Nau viņam vairs pretnieku zemes virsū,

Viņš tevi, lepno, kā verdzeni grābs!
Tu spītēji man un spēji to veikt
Caur manu spēku!

SPĪDOLA
Ho! - Caur vergiem neveic.
Tu manai dzimtai neesi līdzīgs,
Ne manas valdošās sugas un cilts.
Šai saulē ir tik vienīgs
Lāčplēša pretnieks, kas viņa cienīgs -
Es viena, es skaistākā par visu,
Kas zemes virsū un zem zemes ellē. -
Nāc, Lāčplēsi, nāc,
Iekš manis ir spēks, kas tevi māc:
Man skaistuma āboļi.
Tu manu valdošo dzimtu kāvi,
Ja negribi dzīves ar mani, ēd nāvi,
Mans Lāčplēsi!

KANGARS
Tu, tu, par visu skaistāka,
Vairāk viņu pievelk Laimdota!
Tu valdošā daile, ne tu viņu veiksi,
Bet es, tas mazais un nicinātais,
Es visus jūs novilkšu zemē
Zem sava papēža spiest, ka spiegsat!

SPĪDOLA
Ha, ha, ha!
(Aizbrauc uz savu pusi savos gulbju ratos. Baltie saules mākoņi
nozūd: viss aptumšojas.)

KANGARS
Ha, nāvē tos grūzt vēl nepietiek man:
Tiem nebūs ar slavu kā varoņiem krist,
Ar ikdienību tos gribu sist,
Tiem lepnajiem būs man līdzīgiem kļūt,
Zemes pīšļos grūt!
Celies, mans mākons, debesīs,
Kangars viņu gaitu noskatīs.
(Paceļas uz augšu; melnie mākoņi, viņu pavadīdami, aizvelkas

projām, top atkal gaišs.)
(Ienāk L ā č p l ē s i s ar saviem b i e d r i e m, kuri nes nokauto
pūķu galvas, spārnus, kas laistās visādās krāsās, un tam līdzīgas
uzvaras zīmes.)

LĀČPLĒSIS
Ho, bija grūta ciņa,
Bet pūķi nu beigti!
Nu, biedri, gavilējat! Ho, ho!

KAREIVJI
Hoho! hoho!
Deviņas galvas
Nocirtām nost, -
Šiep nu zobus,
Nu nevari kost!
Ho, ho!

LĀČPLĒSIS
Skaļāk dziedat jūs man!
Gaviles nospiesti skan.
Dvaša krūtīs plok,
Nemiers man dvēselē rok.
Diezgan to dēku un uzvāru.
Bet te mums vēl jāatrod Laimdotu.

VIENS KAREIVIS
Nolādēta ir šī sala;
Mēms klusums un migla bez gala;
Gaišā dienā putniņi guļ,
Uztraukti: spārniņus kuļ
Un atkal guļ.
Pulkiem še svešie kuģnieki
Guļ sastinguši kā akmeņi.
Ne vilnīts jūrā šļāc,
Ne lapa kokā kust,
Kā miegs un tvaiks visu māc, -
Vai dūša grib zust! -
Ak, tēvi ja!

CITS KAREIVIS
Viss pilns ir: ko dzert un ēst,
Zeltu uz ielām var mēzt,
Visur redz pilnību,
Kad miegs tik nemāktu!
Ak, Lāčplēsi,
Ved mūs atkal uz dzimteni!
Še bija mums atrast Laimdotu,
Kad nau, laid mūs jel uz tēviju!

LĀČPLĒSIS
Ne saulei nau spīduma,
Ko līdz mana uzvara?
Taisnība, taisnība
Tev, Spīdola!
Man svešas ilgas ceļas,
Smagums uz sirdi veļas,
Nau man, kā vajaga,
Kur izeja?
Vai es to gribēju,
Ko sasniedzu? -
Vai tad zobens še nelīdz vairs?
Nost, gaisti nost, tu burvju dairs!
(Viņš cērt ar zobenu, un piepeši viss pārvēršas.)

                                *

(Atdarās miglas priekškars un spīdošā, bet palsā dzeltenā gaismā
redz ābeli zelta āboļiem; viņas priekšā caurspīdīga kristāla aka.)

KAREIVJI
Ā, ā, ā, ā!
Mirdzoša gaisma
No ābeles spīd,
Uz dzidru aku
Stari krīt!
Pēc karstas cīņas kā gribas dzert!
Nāc, sulainos zelta āboļus tvert!
(Daži dzer no akas un saldi aizmieg.)

VECĀKIE KAREIVJI
Lēnām, lēnām,
Neļauj aku aiztikt tam zēnam!
Diezin, vai iekšā kas nau?
Klau! - Vai tur neskan kas, klau!

DZIESMA
(Atskan iz ābeles, lēnās skaņās.)
Dzer manu dzidrumu
Avotā,
Plūc manu mirdzumu
Ābolā!
Kas mani dzer,
Pats sevi tver,
Sev jaunai saulei logu ver.
Viss tavs nemiers aizlidos
Vieglās vakarvēsmās,
Sirdī smagums izgaros
Vaidu dvēsmās;
Visas ilgas apklusīs
It kā rudens dziesmas, -
Mieru tevim atnesīs
Saldas liesmas.
Dvēsle grib tev liegi tvīkt
Raisītajā kvēlē:
Izdvašot un gaist, un nīkt -
To sev vēlē.
Dzer manu dzidrumu
Avotā,
Plūc manu mirdzumu
Ābolā!
Kas mani dzer,
Pats sevi tver,
Sev jaunai saulei logu ver.
(Aizvelkas migla, un parādās klāti galdi, bagātīgi apkrauti
ēdieniem, vietas atdusai, un apkārt lido mīlīgi ēnu tēli jaunu
meiteņu veidā, ar puķu vītnēm.)

VECIE KAREIVJI
Cik mīļa dusa!
Nu pabeigts darbs!

Viss nemiers klusa,
Viss rima, kas skarbs!

JAUNIE
Salds, kaislīgs maigums
Caur dzīslām līst,
Mirdz dailes zaigums,
Un ilgas rīst!

DZIESMAS BALSS
Nāc, veldzi dzer,
Sev mīlu tver,
Sev jaunai saulei logu ver!
(Rāma, miegu nesoša mūzika. Kareivji sēstas ap galdiem, bet ēdot
un dzerot lēni aizmieg; jaunie piesliedzas pie ēnu meitenēm un
aizmieg viņu rokās.)

DZIESMAS BALSS
Nāc, Lāčplēsi, dzer,
Pats sevi tver,
Sev jaunai saulei logu ver!

LĀČPLĒSIS
Kā saldās skaņas
Velk mani liegi
Bez visas maņas!
Saule stāv dienvidos,
Es drusku apsēstos.

BIEDRIS
Visapkārt miers un saskaņa valda,
Maza pavaļa ir tik salda, -
Uz brīdi atsprango bruņas,
Aizmirsti bargās kararuņas:
Kā viss še saista!
Cik dzīve ir skaista,
Cik skaista!

DZIESMAS BALSS
(Atskan vēl maigāk.)
Lāčplēsi!

Vai manis vēl nedzirdi?
Tu zemju zemes klīdi,
Dusi še mazu brīdi!
Priekš citiem tu vienmēr cīties, -
Tu dzinies un noguri dzīties,
Vai to tu sasniedzi,
Ko gribēji?
Lāčplēsi,
Vai manis vēl nedzirdi?

LĀČPLĒSIS
Kāda brīnumjauka balss!
Vai te vēl viņas varai nau gals? -
Spīdola!

SPĪDOLAS BALSS
Es esmu skaistākā par visu,
Kas zemes virsū un kas zem zemes ellē,
Visur skan mana balss,
Vistālākā laimīgā malā, -
I Nāvessalā
Vēl manai varai nau gals.
Dzer manai dzidrumu
Avotā,
Plūc manu mirdzumu
Ābolā!
Kas mani dzer,
Pats sevi tver,
Sev jaunai saulei logu ver.

LĀČPLĒSIS
Es neredzu tevis, brīnišķā;
Vai sapnī esmu, vai nomodā?

SPĪDOLA
Es nomodu par sapni daru,
Es sapni par nomodu pārvērst varu, -
Tavs nomods skaists kā sapnis būs,
Tavs skaistākais sapnis patiess kļūs:
Dzer manu dzidrumu
Avotā!

LĀČPLĒSIS
Vai tu runā tur avotā?
Parādies acīm tu, brīnišķā!

SPĪDOLA
Tam, kas mani dzer,
Velgums acis ver,
Sapnī visu tas redz,
Ko tava nakts tev sedz.

LĀČPLĒSIS
Kas tevi dzer,
Tos nogurums tver:
Lūk, manus varoņus,
Kā viņi dus!
Tie aizmirst darbu - -

SPĪDOLA
- - - Un visu skarbu,
Un visu nemieru,
Un ilgas, un riebumu.
Še klusā Nāvessala
Līdzīgu daļu visiem dala:
Aizmigt mūžīgā nemaņā,
Noslīkt visuma skaistumā -

LĀČPLĒSIS
(Lēni.)
- Aizmigt mūžīgā nemaņā,
Noslīkt visuma skaistumā -

SPĪDOLA
- Aizmirst visu, kas ir,
Visu, kas mūs vēl šķir,
Sāpes un ilgas beigt,
Mūžīgā vienībā steigt:
Nāc, Lāčplēsi!

LĀČPLĒSIS
Es mūžam no tevis vairījos,

Mēs bijām nāvīgos naidniekos,
Bet svešas ilgas, - kas viņas zina, -
Tomēr uz tevi mūžam dzina;
Ko mūžam negribot gribēju,
Še Nāvessalā lai sasniedzu:
Dusēt un rimt,
Mūžīgā nemaņā grimt -
Es nāku, parādies, Spīdola!

BALSS IZ TĀLIENES
(Lēni.)
Laimdota!

LĀČPLĒSIS
Vai nedzirdi, Spīdola, nedzirdi?

SPĪDOLA
Nāc, Lāčplēsi!

LĀČPLĒSIS
Mans mērķis nau sniegts,
Man atstāties liegts,
Man jāatrod Laimdota!

SPĪDOLA
Vai tad tava gaita būs izbeigta?

LĀČPLĒSIS
Kad laimīga, brīva būs Latvija,
Tad mana gaita būs izbeigta.
Pēc Latvijas-Laimdotas ilgas spiež,
Iz manām acīm asaras riež.
Riebj dēkas, kaut šinī Nāvessalā
Jau mana gaita būtu galā!

SPĪDOLA
Tik brīva un laimīga Latvija?
Ne mūžīga?
Vai tas ir viss?
Vai Lāčplēsis
Tad nedzīsies vairs kvēlojot?

Šī Nāvessala to visu spēj dot.
Vai ilgas tev sniedz tik līdz Laimdotai?
Ne tālāk caur laiku līdz mūžībai?
Ne mūžam vēl t a s tavai gaitai nau gals,
Ja tevi tālāk sauc mana balss -
Nāc, Lāčplēsi!

LĀČPLĒSIS
Es gribu galu, tu solīji:
Aizmigt mūžīgā nemaņā,
Noslīkt visuma skaistumā.

SPĪDOLA
Kas sevī sniedz lielā miera brīvi,
Tik tas spēj ieiet uz lielo dzīvi.
Tu uzdevumā tik cīties,
Tādēļ tu noguri dzīties,
Tik manā skaistumā atrastu
Tu mūžīgu spēku un pilnību.
Laime bez gala tur līst,
Saite pēc saites līst,
Mūžība spārnus sit,
Tālāk, tik tālāk rit.

LĀČPLĒSIS
Vai mūžīga esi, tu brīnišķā?
Ko vili turp svešā valodā?

SPĪDOLA
Es, mūžīga esot, izgaistu
Un izgaistot sniedzu mūžību,
Tik stiprākais pasaulē spēj mani veikt,
Ja es viņam gribu palīgā steigt.

LĀČPLĒSIS
Tu mīklām runā, Spīdola.

SPĪDOLA
Es mīkla mums abiem minama,
Ne jāsaprot tev, bet jādara.
Caur sava stiprākā naidnieka varu

Es sevi brīvu un mūžīgu daru,
Un tevi veicot es paceļu
Par visu pāri uz mūžību.

LĀČPLĒSIS
Vai mūžība man sniedzama?
Es sniedzos tik pēc liktena.

SPĪDOLA
Še liktens pats tevi sasniedzis,
Tu mūžīgais spēka viesulis.

LĀČPLĒSIS
Tu zini liktens lēmumu:
Teic, kas es un kurp es aizeju?

SPĪDOLA
No mūžības tu, tāpat kā es,
Mēs viena celma atvases,
Mums kopā pieder uzvara,
Caur mums mūsu vara ir laužama.

LĀČPLĒSIS
Vai esmu mūžīgs, tas nau man teikts,
Bet zinu, ka mūžam netikšu veikts.

SPĪDOLA!
Tu tikšot veikts caur pēdējo spēku,
Caur pašu zemāko zemes grēku.

LĀČPLĒSIS
Tad netikšu veikts, tik nebaidies.
Kurš akls gan pretī man nostāsies?
Dzelzszobens vietā kurš mīkstu zeltu
Pret mani kā nāvīgu ieroci celtu?
Ja ausis tik sveikas man paliekas,
Tad man nekā nau jābaidās. -
Hahaha!

BALSS IZ TĀLIENES
(Klusi.)

Hahaha!

SPĪDOLA
Klau, Lāčplēsi,
Vai smejamies tu nedzirdi?

LĀČPLĒSIS
Es smējos pats, ko izbijies?

SPĪDOLA
Tev briesmas draud, nāc pasargies!

LĀČPLĒSIS
Haha, tu, mana Spīdola:
Kas mīl, tas baidās, teic Laimdota.

SPĪDOLA
Ko mini to vārdu? Tas pretīgs man.

LĀČPLĒSIS
Ak, man viņš tā tik ausīs skan.

SPĪDOLA
Tam nebūs skanēt nekad, nekad!
Es esmu skaistākā par visu,
Kas zemes virsū un kas zem zemes ellē!
Dzer manu dzidrumu
Avotā,
Skati manu skaistumu
Augumā, -
Tev manis būs slāpt,
Tad varu tevi glābt:
Dzer manu dzidrumu
Avotā!

LĀČPLĒSIS
Es nāku, parādies, mīļākā!
(Dzer no avota.)

SPĪDOLA
(Parādās ābelē visā spožumā.)

LĀČPLĒSIS
Debess un saule!
Dievišķā, mūžīgā!
Tu mani biedē savā zaigumā.
Es tevi panest nespēju!
(Nokrīt ceļos.)

SPĪDOLA
(No ābeles nokāpdama.)
Nāc, mīļais, lai tevi apskauju -
(Skūpsta viņu.)
Pēc tevis dedzu mūža kvēlēs,
Nu liktens reiz tevi manim vēlēs.
Es tevi sedzu sargājot -
Šis mirklis par visu man atmaksu dod!
Šai mirklī mūžības saspiestas,
Priekš mūžiem pietiks šīs laimības,
Un bezgala laiki mums priekšā veras,
Plešoties, augot degs mīlas ceras!

LĀČPLĒSIS
(Uzlecot.)
Kā smiltis viss nogurums nobiris,
Iz zemes jūtos izkāpis,
Un ilgas ceļas un tālēs dzen;
Šo spēku nejutu sen, jau sen.
Tu, dievišķā, tevi es pielūdzu -
Es tevim pieskarties nedrīkstu!

SPĪDOLA
Nu mans tu esi,
Tu zemes stiprākais!
Kā spēks caur pasaulēm skaistumu nesi
Caur tumsas tumsumiem,
Caur krēslas dziļumiem,
Mēs dimanta kalnu atšķelsim,
Kas pats savā gaismā viz iztālim,
Kas, sava saule, pats sevi silda,
Krūtis ar bezgala laimību pilda!
Ar brīnuma varu pie sevis viņš rauj,

Kas sniedz to, to skaistums uz mūžu skauj,
Viss, kas šai zemē, ko mīl un nīst,
Viss rupjš, viss zems no tevis klīst,
Tev matos sauli kā rotu spraudīs,
No baltiem stariem tev svārkus audīs -

LĀČPLĒSIS
Hoho! es eju!

SPĪDOLA
Vēl tas nau gals,
Vēl tevi tālāk sauc mana balss:
Līdz zemes malai mēs aiziesim,
Kur zeme sakūst ar debesīm,
Kur saules dārzi, kur debess vārti,
Kur saules meitas zied rožu sārti,
Kur pērkoņdēli zeltu kaļ,
Kur ziemas milži sniegu maļ,
Kur saule vakaros atgulstas
Iekš sarkanzelta laiviņas -

LĀČPLĒSIS
Ved mani turp, ved drīz, ved drīz!

SPĪDOLA
Vēl tas nau viss, tas ceļš vēl īss:
Aiz zemes malas, aiz debess malas
Vēl plešas jūra, kur nau ne salas,
Ne viļņu, ne vētras, ne dienas, ne nakts,
Kur beidzas viss un stāv briesmas uz vakts.
Vai ir tev sirds,
Kas tumsai cauri vēl drosmē mirdz?
Plūc manu mirdzumu
Ābolā!

LĀČPLĒSIS
Tur visam beigas, -
Kādēļ turp tādas steigas?
Tas ceļš iet uz nāvi --
Kam tu
Tur stāvi? -

SPĪDOLA
Vai zemes nāves baidies~
Tu, mani dzerot, nāvē laidies.

LĀČPLĒSIS
Vai esi nāve?

SPĪDOLA
Es mūžība;
Mana zemes gaita drīz izbeigta.

LĀČPLĒSIS
Vai zemei tu atrauj skaistumu?

SPĪDOLA
Līdz saulei es to paceļu.

LĀČPLĒSIS
Bet zemes spēku tu tam atņemsi,
Tik sapņi būs tev lielie centieni.

SPĪDOLA
Tu zemes spēks esi, Lāčplēsi,
Tu stiprākais viņai palieci;
Bet sapni es par nomodu daru,
Es nomodu sapnī pārvērst varu, -
Tavs nomods skaists kā sapnis būs,
Tavs skaistākais sapnis patiess kļūs.

LĀČPLĒSIS
Es zemē esmu stiprākais,
Spēks aizzemē man zūd kā gaiss.

SPĪDOLA
Tu stiprākais,
Tu visu veic,
Vai zeme, vai gaiss,
Tevi mūžība sveic;
Tev krūtīs sirds,
Kas tumsai cauri vēl drosmē mirdz:

Mēs, mūžība, sniegsim tevi šo brīdi;
Spīdi, Spīdola, spīdi!
Plūc manu ābolu
Mirdzumā!

LĀČPLĒSIS
Es nesasniedzu, ko gribēju,
Dod man savu nāves ābolu!
Kā vīns iekš manis spēki rūgst,
No stipruma man krūtis tūkst.
(Plūc zelta nāvesābolu un iekož viņā: iz viņa put pelni laukā. Viņš
nodrebas, iesaucas «pū!», tad lēni aizmieg Spīdolas rokās.)

SPĪDOLAS DZIESMA
Miedzi, aizmiedzi,
Stiprais varoni,
Manu roku skauts,
Sevi aizmirsti!
Visas mūžības
Tevim atveras,
Tālēs projām rauts,
Spēks tev izplešas.
Lielā mierībā,
Dzīves pilnībā,
Viss, kā dzinies, rauts
Mūžu skaistumā.
(Starpbrīdis.)
Un tu, manu dvēseli,
Vai visu nu sasniedzi,
Kā kvēlot kvēloji
Mūžīgi, mūžīgi?
Uz mūžiem pārspēji
Šīs saules likteni?
Augsti nu valdīsi,
Mirdzot kā debeši?
Vai augot pieaugsi
Mūžam vēl mūžīgi,
Līdz zemi, aizzemi
Ar skaistumu pildīsi?

GAVIĻU DZIESMA
Hē, hē, hē!
Gavilē, gavilē!
Tava ir pasaule,
Skaistuma dvēsele!
Spīdola, spīdi, spīdi,
Pār pasaules vaigu slīdi!
Hē! hē! hē!
Es esmu skaistākā par visu,
Kas zemes virsū un kas zem zemes ellē!

BALSS IZ TĀLIENES
Ha, ha, ha!
Kur paliek Laimdota,
Kas še par akmeni pārvērsta?
(Parādās Kangars.)

SPĪDOLA
Ko tu te nāc?

KANGARS
Man netīk, ka tu manu draugu māc.

SPĪDOLA
Tu redzi, še tava loma nu beigta.

KANGARS
Vai uzvara tev nau pārāk steigta -?

SPĪDOLA
Ha, ha!

KANGARS
Es noslēpumu dzirdēju -

SPĪDOLA
Spiegs vienmēr klausās paslepu.

KANGARS
- Nu zinu, kā uzveicams Lāčplēsis.

SPĪDOLA
Kas kait? Manā valstī viņš iegājis.
Hē, hē, hē!
Manas ir pasaules,
Gaviles, gaviles!

KANGARS
Klau, Spīdola, uzklausi,
Vēl laiks ir, ar labu izlīgsti:
Ļauj tam tur gulēt uz mūžību,
Necer' uz sapņu valstību, -
Ar mani dalies valdībā
Rīgā un visā Latvijā.

SPĪDOLA
Pār latvjiem ir kungi.

KANGARS
Tos piekrāpsim,
Tik kungu vārdu tiem atstāsim,
Bet meslus visus ņemsim sev,
Lai ļaudis kalpo man un tev.

SPĪDOLA
Ej projām, tu dari man garlaiku.

KANGARS
Tev bail? Mans nodoms par lielisku?

SPĪDOLA
Ha, ha, tu vergs!
Pats zems, ar zemiem nodomiem,
Man valsts būs pa pasaules visumiem.

KANGARS
Ha, ha, kā tas skan!
Pagaid' tu man!
Tavu valsti iz rokām tev izraušu,
Zem papēža tevi pamīšu!

SPĪDOLA
Tu, zemais, kur tev to spēt?
Pats liktens liek man uzvarēt:
Viņš veikts caur mani: es pēdējais spēks,
Viņš atmeta sevi - tas lielākais grēks!

KANGARS
Ha, ha, ha, ha!
Tava gudrība viļ tevi, Spīdola!
Pats pēdējais spēks būs gan: tumsība
Un zemākais grēks: spiega viltība!

SPĪDOLA
Tu, spiegs! fui! spiegs!

KANGARS
Es spiegs, bet, ja veikšu, kas tad vairs kliegs?
Ha, ha, ha!
Es mīšu tevi zem papēža. -
Laimdota! Laimdota!
Lāčplēsi, tevi sauc Latvija!
(Uzsit Lāčplēsim uz muguru.)

LĀČPLĒSIS
(Uzmostas, izspļauj iz mutes nāvesābola kumosu; noput pelni.)
Pū, pū!
Kur es esmu?
Man kumoss kaklu aizžņaudza,
Viss apkārt man aptumsa -
Dvaša aizrāvās -
Es kritu bezdibens klintsaizās -
Es dimantkalna spīdumu
No tālienes redzēju -
Melns, zaļš un sārts gar acīm šķīda -
Milzīgi baigi apkārt klīda -

SPĪDOLA
Ai!
(Apdziest savā mirdzumā; gaisma tiek atkal nespīdīga un palsa.)

92

LĀČPLĒSIS
Ko mana Spīdola
Nau vairs redzama?
Kur skaistā gaisma palika?

KANGARS
Tā deva tev nāves ābolu,
Es tevi no nāves izglābu:
Es uzsitu tev uz kamiesi,
Tu indeves kumosu izspļāvi.
Lai liegtu tevim Laimdotu,
Tā nomāca tevi ar burvību.
Tev sapnis acis tik mānījis:
Tu mērķi biji jau sasniedzis:
Tepat guļ tava līgava,
No burves par akmeni pārvērsta.
Tāds pats tev liktens bij nodomāts,
Bet tevi glāba mans drauga prāts.

LĀČPLĒSIS
Ā, ā!
Ko saki, Spīdola?

SPĪDOLA
(Cieš klusu.)

KANGARS
Ko viņa lai saka, tā taisnība, -
Cērt akā, tad burvība salauzta.

LĀČPLĒSIS
Teic, Spīdola, teic!

KANGARS
Vai viņa tevi vēl tagad veic?

LĀČPLĒSIS
(Ceļos nometies, bet zobenu draudot pacēlis.)
Teic, teic, teic, teic!
Tu mani jau reizi mānīji -
Vai Laimdotu akmenī pārvērti?

SPĪDOLA
(Cieš klusu.)

LĀČPLĒSIS
(Uzlec.)
Teic!
(Cērt ar zobenu avotā; no avota izšaujas asinis.)

BALSS IZ AVOTA
Ai, ai, ai, ai!

KANGARS
Tu raganas māti nokāvi,
No Spīdolas brīvību panāci,
Cērt ābeli, nokausi viņu arī,
Tā visus mošķus nobeigt vari.

LĀČPLĒSIS
Spīdola!

SPĪDOLAS BALSS
Vai, vai, vai!
Tu aizcirti ceļu mūžībai!
Tev gaisa drosme kā gaiss.
Tu neesi stiprākais!

KANGARS
Ko pel nu varoni, Spīdola!
Kad tava viltība salauzta!

SPĪDOLAS BALSS
Cērt, Lāčplēsi!
Mēs nesniegsim še vairs aizsauli.
Man zuda virs zemes mūžības valsts:
Tu lūzi man, skaistuma stiprākais balsts.
Man vienai jāsniedz mūžība,
Jāslīkst iekš visuma skaistuma,
Nau spēka man līdzīga.
Spīdola spīd,
Aiz zemes, aiz saules viena slīd,

Spīd, spīd!

LĀČPLĒSIS
Tu esi daile mūžīga,
Ej atpakaļ debesīs, Spīdola:
Es zemes spēks, man paliek še.
Šai zemē man visa pasaule,
Še esmu visu stiprākais,
Aiz zemes gaist mans spēks kā gaiss.

KANGARS
Cērt, ātrāk cērt!
Neļauj sevi vārdos tvert.

SPĪDOLAS BALSS
Ak, Lāčplēsi,
Bez manis tu zemē izsīksi,
Tu aprimsi savā pilnībā,
Tev beigsies gaita bezgalīgā!
Tu tiksi veikts, un tev būs grimt,
Tev līdzi visai dzīvei rimt! -
Es neklausu, - mūs liktens grib šķirt,
Es zemes veidos gribu mirt
Un tevi sargāt, un līdz tev iet,
Lai mana aizsaules valstība riet!

KANGARS
(Izsmejot.)
Kā kalponei kalpot Lāčplēsim,
Mest sapņus par brīvi un debesīm -
Ha, ha, ha!
Tu, citkārt lepnā Spīdola!

SPĪDOLA
Es tomēr gribu, es palikšu,
Tevi viņa varā nedošu.

KANGARS
Ne manā varā, bet Laimdotas;
Cērt, Lāčplēs, un nobeidz tās burvības,
Cērt galotni!

SPĪDOLAS BALSS
Man ir viens vārds no mūžības;
Teic: gaisma tiks tomēr pie uzvaras!
Es visu tev atdodu, Lāčplēsi,
Sevi pašu un savu debesi -

LĀČPLĒSIS
Paliec, Spīdola, debešos,
Es tevis cienīgs nejūtos.

SPĪDOLAS BALSS
Bez manis nezels
Tev ne Latvija.

LĀČPLĒSIS
Teic, ko man darīt, Spīdola?

SPĪDOLAS BALSS
Cērt vienu zaru:
Es nolieku debesuvaru,
Lauzts čūskas dzelonis,
Mans kungs tu būsi, Lāčplēsis.

KANGARS
Necērt zaru,
Tad viņa vēl paturēs zemesvaru;
Cērt pašu galotni,
Aizraidi viņu uz aizsauli.
(Lāčplēsis cērt ābeles zaru: Spīdola parādās; dziļas sēras vaibstos valdnieces lepnums, bet uzupurējošs maigums atspīd iz viņas acīm.)

LĀČPLĒSIS
Cik dīvaini skaista!
Kāds maigums pie tevis saista!

SPĪDOLA
Es tavu Laimdotu
Tev tagad atdošu; -
Spīdola spīd,

Nāve lai krīt.
Akmens, šķelies,
Celies, Laimdota celies! -

LAIMDOTA
Lāčplēsi, Lāčplēsi!
Tu mani glābi, mans varoni!
Nu visas briesmas būs izbeigtas,
Miers, laime valdīs iekš Latvijas!
(Apskauj Lāčplēsi.)

SPĪDOLA
Akmens, šķelies,
Celies, mana apburtā tauta, celies!
Pēc simtsgadu miega uz jaunu dzīvi,
Pēc vergu sloga uz gaismas brīvi!
Akmens, šķelies,
Tautas dziesminieks Pumpurs, celies!
Dzied', latvju varoni Lāčplēsi,
Teic pagātni, cel uz nākotni!

UZMODINĀTIE
(Akmens tēli sāk kustēties un celties; putni un visa daba
atdzīvojas.)
Ā, ā, ā!
Smagais sapnis gaist,
Apkārt saule kaist,
Putniņi dziedāt sāk,
Jauna dzīvība nāk!
Lāčplēsi, Lāčplēsi!
Tu mūs brīnišķi uzcēli!
Ar stipru roku kāvi
Visu stindzinātāju nāvi.
Lāčplēsi, Lāčplēsi!

LĀČPLĒSIS
Še jūsu glābēja,
Varenā Spīdola!
Priekš jums viņa ziedojās,
No aizsaules valstības atteicās.

SPĪDOLA
(Noiedama nomalis.)
Akmens, šķelies,
Celies, Koknesi, celies!

KOKNESIS
Es Romas greznumu
Tev, Spīdola, atnesu:
Tu būsi valdniece,
Tev valsts visa pasaule!

SPĪDOLA
Mans Koknesi,
Es atdevu visu pasauli, -
Es gribēju jums vēl vairāk dot,
Jums nebij spēka saņemot.

KOKNESIS
Es nesaprotu to, Spīdola; -
Tev visa mana būtne padota!

SPĪDOLA
Es gribu mācīties robežas,
Šaurumā tikt pie pilnības.
Pēc mērķa sniegties vistuvākā:
Ļauns ienaidnieks nācis Latvijā:
Nāc, iesim, ved mūs, vadoni;
Ej, uzveic naidniekus, Lāčplēsi!

(Priekškars.)

Ej, uzveic naidniekus, Lāčplēsi!

PIEKTAIS CĒLIENS

Lielvārdes pils uz paša Daugavas krasta.

Pils goda istaba, celta vēl senlatviešu garšā, bet izpuškota eiropiešu greznuma lietām; uzstādītas visapkārt uzvaras zīmes, dažādām tautām noņemtie kara laupījumi; ieroči, audumi, kalumi utt.
Skatuves labajā pusē divi troņa krēsli, apkārt gar sienu zemāki krēsli priekš virsaišiem; kreisajā pusē troņa krēsls priekš Spīdolas un apkārt arī zemāki krēsli priekš virsaišiem.
Skatuves dibens viss aizklāts ar lielu priekškaru; kad šo priekškaru atsedz, tad redz lieveni, kas uzcelts uz paša stāvā Daugavas krasta; aiz lieveņa redz izplešamies Daugavu ar Kurzemes krastu.
Skatuves galā labajā pusē atzveltnes gulta ar krāšņu pārsegu; līdzās zems krēsls un galds ar vīna kausu un augļiem.

*

(L ā č p l ē s i s - krāšņās, vieglās drēbēs guļ uz atzveltnes; uz krēsliņa viņam līdzās sēd L a i m d o t a, tāpat ģērbusies greznā māju uzvalkā.)

LAIMDOTA
Mans mīļais, dārgais zelta spožumiņš,
Mans acu dzirnīts, mans sirds siltumiņš,
Nu mans, nu man vienai piederi!
Es tevi nedošu vairs briesmu varā,
Ne pūķiem, zvēriem, igauņiem un vāciem!
Šis karš lai pēdējais, kur Spīdola
Ar Kangaru tev palīdzēja uzveikt;
Nu klusi laimes klēpī nogulsim;
Tu izstaipīsi gurdos locekļus,
Es tevim galvu gludi noglaudīšu, -
No ilgām bailēm es reiz atgūšos,
No bailēm -
(Viņa notrīs.)

LĀČPLĒSIS
Kas tev, mana dūjiņa?

LAIMDOTA
Nekas, nekas, tu mīļais, labais, cēlais,
Mans neatdodamais, mans mūžu lemtais!
Tik baiga nojauta vien pārskrēja;
Sirds nemierīga, nezinu par ko?
Man riebj šis nebeidzamais karš; man sirds
Ne mirkli nenorimst; dēļ tevis dreb.
(Ar jaunu apņēmumu, pieceldamās.)
Bet dēkas nu galā un naidnieki veikti,
Ļauj viņiem aizbēgt, lai kari ir beigti!
Slēdz mieru ar vāciem, Lāčplēsi,
Uz Spīdolas niknumu neklausi.
Tik kara dēļ tā karu grib,
Ļauns, bezgalīgs uguns tai acīs žib.
Man bail no viņas, kurp tā tevi sauc?
Uz kādām mūžības neziņām trauc?

LĀČPLĒSIS
Nebaidies, manu dūjiņu,
Es gribu pie tevis atdusu.
Es izgājis visas pasaules.
Nau labāk nekur kā iekš dzimtenes,
Spēks uzzied laimē, briest pilnībā
Tik savas būtnes robežā.
Lai miers tik un laime ir Latvijai,
Ko sniegt man līdz svešai mūžībai.
Es Latvijā mošķus izskaudu, -
Viss panākts; priekš sevis nu dzīvošu. -
Viss panākts? Nuja, kā citādi?
Ko vēl gan?

LAIMDOTA
Mans mīļais, mans karali!
Priekš manis nu dzīvo, - tu karalis būsi,
No tautām bagātus meslus gūsi,
Ikviens tev nesīs vislabāko,
Ko viņa zeme saražo.
Gan medu, gan kviešus, gan dārgas ādas,

Mums netrūks ne mantas, ne rotas nekādas,
Visskaistākās lietas no vāciem nāk,
Lai tie tās kuģiem uz Rīgu vāk,
Kas tiem par audumiem, vizuļiem,
Ne acis nevar atraut no tiem.
Es biju tur gūstā: tie vareni,
Ar vāciem mums jādzīvo draudzīgi,
Kļūs tēvija mierā laimīga,
No tevis uz turību vadīta -
Tu mīļais, tu mans, mans varonis,
Viss liekas kā sapnis brīnišķis -

LĀČPLĒSIS
(Zem sevis, sapņaini.)
Tavs nomods skaists kā sapnis būs,
Tavs skaistākais sapnis patiess kļūs -

LAIMDOTA
Jā, mīļais, jā, tu visu vari -

LĀČPLĒSIS
Ak, nē -

LAIMDOTA
Tu burvīgi laimīgu dari,
Kā brīnums šis brīdis visaugstākais -

LĀČPLĒSIS
- Un mūžīgs būs -

LAIMDOTA
Bail, ka viss nezūd kā gaiss!
(Ienāk sulainis.)

SULAINIS
Kungs, viesi!

LAIMDOTA
Ak dievs, apžēlojies!
Būs briesmas, ak, nelaid tos, pasargies!

LĀČPLĒSIS
Ko trīsi, zīlīt!
(Uz sulaini.)
No kurienes?

SULAINIS
No visām malām, no tālienes,
Ir lībieši, vāci ar kukuļiem,
Melns bruņinieks viens no tatāriem.

LAIMDOTA
Ak, mīļais, neej!

LĀČPLĒSIS
Ko sabijies?
Tie mieru nāk lūgt, kā dzināmies,
Nu viss ir sasniegts laimīgi.
(Uz sulaini.)
Šurp viesus un virsaišus aicini! -
Teic, vai tu nebiji kareivis?

SULAINIS
Jā, agrāk.

LĀČPLĒSIS
Laiks visus pārvērtis;
Bij agrāk labāk. -
(Sulainis aiziet.)

LAIMDOTA
Nāc, tērpsimies,
Lai varam kā valdnieki rādīties.
(Abi aiziet.)

*

(Ienāk S p ī d o l a un K a n g a r s.)

KANGARS
(Atpakaļ uz sulaini.)
Ā, ā, tie tērpsies kā valdnieki!

SPĪDOLA
Ko mani sauci, ko gribēji?

KANGARS
Drīz atnāks galms, šurp lūdzu tevi,
Tev jautāt, kā tagad jūti sevi
Pēc uzvaras - Laimdotas pilsgalmā?

SPĪDOLA
Tev nau nekas man jājautā.

KANGARS
Ā, neērti jūties, tā domāju:
Nau viegli nest otra lepnumu, -
Man arī, -

SPĪDOLA
Ko tas lai nozīmē?

KANGARS
Mēs visi še Laimdotas pavēlē, -

SPĪDOLA
Es nē!

KANGARS
Visgrūtāks tavs stāvoklis:
Kas būsi? kurp iesi?

SPĪDOLA
Kurp Lāčplēsis:
No mūžiem līdz mūžiem, kur viņš, tur es,
Viens ceļš, viens liktens mūs abus nes.

KANGARS
Viens ceļš tam, man šķiet, ar Laimdotu,
Tu paliec tikai nomaļu.

SPĪDOLA
Ej!

KANGARS
Spīdola, ja es aizeju,
Kam tad tu vairs pavēlēt iespētu?
Es viens tik tev uzticīgs palicis -
- Ja skaiti - vēl nabaga Koknesis -
Nu paklausība būs tava daļa,
No Laimdotas druskām tu barosies,
Tā viņa sieva, kas tu? Tevi smies -
Vai tā tava plašā vaļa?
Kur Spīdola lepnā, spīdošā,
Kas bija starp pirmajiem pirmākā?
Tavs krēslis bij kalnu virsgalā,
Kam nolaidies dzīves zemumā?
Tu visuvarenā, brīnišķā,
Par zvaigznēm spožākā,
Virs zemes, zem zemes skaistākā -
Spīdola, Spīdola,
Man, zemam, vai man tev tas jāsaka?
Tu pati sev saki to, attopies,
Tu nespēj tik zemu locīties -

SPĪDOLA
(Lēni un drūmi.)
Es gribu atpakaļ griezties -

KANGARS
Tev nau vairs valsts, kur patverties.

SPĪDOLA
Tev taisnība!
Es neesmu vairs Spīdola!
Mani vēji staigā patvaļā,
Manas aukas kauc dusmās un žēlumā;
Tie manis vairs neklausa.

KANGARS
Vēl viens tavā varā palika:
Tu mani mīlā kā dzelžos turi,
Pie sevis ar niknu skaistumu buri,
Kaut dvēsli man gabalos rāvi,

Ar kvēlošu kaunu kāvi,
Uz mani spļāvi: -
Tevi tomēr un tomēr jo vairāk mīlu,
Savas rokas un galvu tev dodu par ķīlu:
Tu dārgāka man par pasauli,
Es pacelšu tevi visaugstāki,
Tik manim, Spīdola, piederi!

SPĪDOLA
Ak, Kangar, tu pats sev visdārgākais,
No tavas mīlas man top tik baiss.

KANGARS
Nē, tu, tu man esi visdārgākā!
Un nebaidies, nabaga Spīdola;
Kaut gan tu tik dziļi grimusi,
Kopš pabalstīji to Lāčplēsi,
Kaut cienā pie ļaudīm un raganām kriti,
Es tevi neatstāšu kā citi:
Man blakus, kad būšu par karali,
Kā karaliene tu sēdēsi!

SPĪDOLA
Vēl Lāčplēsis karals.

KANGARS
Ļauj Lāčplēsim krist.
Caur tavu spēku viņš pacēlies,
Kāp pati, no viņa novērsies.

SPĪDOLA
Ko tas vairs līdz, es tam atdevu
Savu spēku, visu savu skaistumu.
Savu kvēlošo dzīvību
Kā ogli tam kureklī iemetu:
Viņš liesmu un garu nu sasūcies,
Spēks viņā sastrēdzies,
Žuburu žuburiem izplēties,
Viņš stiprāko stiprākais,
Lielāko lielākais.
Viņš pilnīgs, viņš viena gabala,

Es nabaga saplēstā Spīdola -
Ko viņam vairs kaitēt, ko līdzēt spēju?
Es līdzi ar pavasarvēju
Nāku un aizeju.
Ak, mirt,
Iznīkt un mirt!
Bez samaņas, bez sapņiem nebūtnē nirt!

KANGARS
Kad Lāčplēsim vairs nevajga,
Tad klusi aiziet Spīdola!
Vai baidies? vai šķiet tev: viņš nevar krist?
Es, Kangars, zinu, kā var to sist,
Mans naids tam mūžam sekoja,
Tā noslēpumu tam izrāva.
Nāc līdz, tad tevi pacelšu,
Kad Lāčplēša ausis satriekšu:
(Izstiepj rokas, nometas ceļos, gaida, tad lēni.)
Zelts aklā rokās tā varu trauc,
Tik melno bruninieku sauc!

SPĪDOLA
(Iekliedzas.)
Melnais bruņinieks!

KANGARS
Hahaha!
Tu viņu nu pati atsauci,
Caur tevi mēs uzveiksim Lāčplēsi!

SPĪDOLA
Es nesaucu viņu, ne domās nē!

KANGARS
Tu sauci, kas Lāčplēsi uzvarē!
Uz mirkli bij domas - es uzveicu tevi,
Tu pati man ieroci rokās devi.
Ka tevi mīlu, tu ticēji,
Savu lielāko naidnieku aizmirsi!
(Smejas.)

SPĪDOLA
Jā, tu mani mīli, bet mīlējot
Tu arī spēj tik vien riebumu dot.
Tas augstais i nīstot ir mīlējams,
Ne tev, ne melnajam uzvarams.

KANGARS
Haha, to liktens sniegs drīz,
Vēl šodien viņš dziļumos nokritīs!

SPĪDOLA
Tik viņš viens pats spēj sevi veikt,
Kad gribēs savu gaitu beigt,
Kad nemeklēs darba, bet atdusas -

KANGARS
Viņš atdusu radīs pie Laimdotas -

SPĪDOLA
Viņš negrib dusas, nau taisnība:
Tā nāve, - vēl esmu es, Spīdola.

KANGARS
No Laimdotas, domā, to atrausi?
Haha, tik paklaus' to sulaini,
Nupat tas man teica -

SPIDOLA
Fui!

KANGARS
Lai nu lai!
Pēc stundas būs Lāčplēsis tumsībai!

SPĪDOLA.
Tu agrāk vēl - liktens vai tumsība, -
Tos pārspēs Spīdola!
Ko viņi vairāk kā mēs?
Mēs iesim gavilēs.

KANGARS

(Smiedamies.)
Nāvē grimt!

SPĪDOLA
Nē, - dzimt!
Es miru jau reiz daudz briesmīgāk,
Viņš dzīvos, man lai nāve nāk.
(Ienāk k a r e i v j i ar uzvaras zīmēm un v i r s a i š i, viņu
starpā K o k n e s i s ar saviem ļaudīm, un K a n g a r a un S p ī
d o l a s l a u d i s. Pirmie nostājas labajā, otri kreisajā pusē ap
Spīdolas troņa krēslu; līdzās tiem Koknesis ar saviem ļaudīm.)

KAREIVJI
Lāčplēsi, Lāčplēsi,
Dzied tavi kareivji:
Vācieši sakauti,
Gubām guļ samesti,
Kā dadži gar sētmali,
Sveiki un priecīgi
Dzied tavi kareivji.
(Ienāk iz savām istabām pa labi: L ā č p l ē s i s un L a i m d o t
a, abi grezni ģērbušies, zelta šūtos svārkos, un apsēstas uz saviem
troņa krēsliem.)

VISI
Lāčplēsis lai augsti teikts,
Darbs, cik liels, tas viņa veikts:
Sakauti vācieši,
Nu būsim priecīgi,
Mūsu sargs un varonis
Mieru mums atnesis.

LĀČPLĒSIS
Cīņa šoreiz bij neganta,
Ka tomēr mums smaidīja uzvara,
Par to jums visiem pateicos;
Bet galvenais nopelns cīniņos
Ir Spīdolai, Koknesim, Kangaram,
Kā varoņus viņus lai apsveicam!

VISI

108

Esat, varoņi, sveikti,
Caur jums ir naidnieki veikti!

LĀČPLĒSIS
(Pret Spīdolu pagriezies.)
Kā negaisa mākoni
Savus melnos matus tu izplēti,
Tu naidniekam pretī
Iz acīm zibeņus meti,
Kā negaisa viņi izbijās
Spīdolas varenās, spīdošās -

SPĪDOLA
Man mana vara
Vēl tikdaudz no svara,
Cik laba tev dara.

LĀČPLĒSIS
Kā svieda mans Koknesis,
Kokus ar saknēm izrāvis,
Tur vāciem vairs padoma nebija,
Projām tik mesties atlika.

KOKNESIS
Tik Spīdolas dimantu glabāju,
Tas valdību nes un uzvaru.

LĀČPLĒSIS
Ar viltu Kangars izgāja,
To vāci par draugu turēja -

KANGARS
Es veicu vācus, lai greznāki
Puškotu Laimdotu, valdnieci.
(Paņem no saviem ļaudīm un pasniedz Laimdotai kakla rotu.)

LAIMDOTA
Par visiem tu esi mums uzticams,
Tu būsi mums augsti paceļams.

VECS VIRSAITIS

Uzklausi veci, Lāčplēsi,
Tu dzirdēsi tautas atbalsi:
Nu niknākā cīņa ir nobeigta,
Grib mierā nu dzīvot Latvija,
Visapkārt naidnieki noveikti,
Ļauj atpūsties tautai, plaukt priecīgi,
Mēs klausīsim tevi kā karali.
Tur vāci pēc miera lūgt atnāca,
Dod viņiem pēc viņu lūguma,
Tie bagāti un devīgi -

SPĪDOLA
To pierāda tavi vizuļi.

KANGARS
Nu, tad jau visiem tādi būs.

SPĪDOLA
Par līdējiem visus lai padara mūs?

LAIMDOTA
Liec, Lāčplēs, reiz kariem nobeigties,
Ļauj ļaudīm mierā atpūsties,
Pats solījies.

KANGARS
Lai miers ir, kad grib Laimdota,
Tā pati ir miers un brīvība.
Mēs brīvību paši sev panācām,
Ļausim to citiem iekš mūsu robežām.

LĀČPLĒSIS
I man riebj karu mūžam vest,
Es gāju Latvijai mieru nest.

VIRSAIŠI
Mūsu sargs un varonis
Mieru mums ir atnesis!

LĀČPLĒSIS
Es gribu, lai tauta var mierā plaukt

Un pieņemties varā, un garā augt.

SPĪDOLA
Miers mūsu mērķis, bet vēl nau laiks,
Vēl miera saulei apkārt tvaiks:
Mums naidnieki - vāci jākliedē,
Lai tie mūsu mieru netraucē.
Un tādēļ, kur ienaidnieks vājš, to būs veikt,
Kad viņš ir padzīts, tad karu var beigt;
Vēl viņš mūsu zemē!

KANGARS
Bet uzvarēts,
Kā lūdzējs, kā viesis, un viesis ir svēts!

SPĪDOLA
Kas svēts tev?

LĀČPLĒSIS
Laid viņu, Spīdola,
Bet manim labs tikums ir jāciena.

SPĪDOLA
Tas viltus; tie mūžam mūs apdraudēs -

KANGARS
Lai draud, gan tos Lāčplēsis uzveikt spēs,
Viņš taču ir tas stiprākais,
Pret viņu tie izgaisīs visi kā gaiss.

SPĪDOLA
Uz glaimiem, Lāčplēsi, neklausi,
Mēs neesam vēl tik spēcīgi.

KANGARS
(Uz Lāčplēsi, glaimodams.)
Kas spēj tev nākt pretī?
(Uz Spīdolu.)
Tu apskaudi?

LĀČPLĒSIS

Mans stiprākais pretnieks tagad ir veikts,
Lūdz mieru, kā draugs lai man ir sveikts:
Veikt viegli, bet veikto par draugu gūt,
Tas grūtāk, tam m a n a m darbam būs būt.
Kad būsim ar naidniekiem biedroti,
Tad spēsim pret katru likteni.

SPĪDOLA
Kā jēri ar vilkiem var biedroties?
Mums cīnīties! spēkos vēl pieņemties!
Ne dusēt, jo atslēga necelta rūst -

LAIMDOTA
Bet pārpilns vadzis ātri lūst -

LĀČPLĒSIS
Es, Spīdola, mošķus izskaudu,
Viss panākts, ko vēl tu gribētu?
Šo mieru slēgt pēdējs mans uzdevums,
Viss piepildīts, dusa, - kas atliek mums?

SPĪDOLA
(Iekliedzas.)
Ā, ai! Kā nāvi tev dusu būs bēgt!
Ne dusēt tev nebūs, ne mieru slēgt!
Vēl esmu es, Spīdola, Lāčplēsi,
Kas novērst spēj tavu likteni!

LĀČPLĒSIS
Ne sev savu likteni dzīvoju,
Bet tautai, lai tā dod spriedumu.

ĻAUDIS UN KAREIVJI
(Kliedz viens caur otru, bet miera balsis pārsver.)
Miers, miers! Nē! karš! miers! Karš!
Miers! miers!

LĀČPLĒSIS
Jūs gribat mieru, lai miers jums tiek!
Lai viesiem šurpu ienākt liek.

*

(Ienāk dažādu tautu s ū t ņ i, t i r g o t ā j i un v i r s a i š i, l ī b i
e š i, i g a u ņ i, k r i e v u t i r g o t ā j i un b r u ņ i n i e k i:
garā gājienā iet garām Lāčplēsim, noliek pie troņa savas dāvanas
un nostājas zālē; no viņiem atdalās pulciņš s ū t ņ u, kuri panāk
uz priekšu un uzrunā Lāčplēsi.)

SŪTŅI
Mēs sveicam tevi zemīgi,
Lāčplēsi, lielo varoni!
Tavs spēks vislielākais pasaulē,
Mēs nākam tavā paspārnē.
Tu sit ar dūri, un lācis krīt,
Tavs pirkstiņš spēj zirgu savaldīt.
Par kungu mēs tevi atzīstam,
Tavu žēlastību izlūdzam:
Ļauj mums uz dzīvi še apmesties,
Pa tavām zemēm tirgoties.
Še nesam tev dārgas mantības:
Zobenus, traukus un rotaļas.

VĀCIETIS
Mums nebij kam dot šo greznumu,
Lai puško visskaistāko Laimdotu:
Tu vārdu par mums aizliksi,
Uz mieru vērsīsi Lāčplēsi.

LĀČPLĒSIS
Jā, esat sveiki, kaimiņi,
Dzīvojiet vien še laimīgi!
Mans prāts grib mieru, ne karu dot,
Grib visas zemes aplaimot.

VĀCIETIS
Mēs pateicamies tev, karalim,
Mēs dzirdējām jau iztālim,
Ka mieru tu mīli. Dod vietu mums,
Kur nedraudētu mums uzbrukums:
Pie jūras Rīgu mēs uzcēlām,
Daudz bagātības jums atvedām,

Ļauj mums to Daugavas smiltaini
Par glābiņu vētrās un patversmi.

LĀČPLĒSIS
Mēs glābjam katru nelaimīgu;
Jūs uzcēlāt viņu, tad paturat Rīgu.

SPĪDOLA
Nevienam es Rīgas nedodu,
Tik tiem, kas cēla tās stiprumu,
Kas viņu lielu un staltu dara:
Tā darba ļaužu sūrsūra vara,
Kas cirta, raka, sita un kala,
Kas sviedrus lēja un lies vēl bez gala. -
Tie ļaudis, tiem Rīgai būs piederēt,
Priekš strādniekiem es gribu to paturēt.

VĀCIETIS
Mēs cēlām, tie tikai kalpoja, -
Tā ir tikai Spīdolas izruna.
(Uz Spīdolu.)
Tu pati mums ļāvi tur apmesties -

SPĪDOLA
Bet ne par kungiem uzmesties.

KANGARS
Mans kungs un karalis Lāčplēsis,
Tas atļaut var, tam pieder viss.
Ņem, Lāčplēs, Rīgu sev par dzimtu,
Tur sēdi un valdi, lai ķildas rimtu.

LAIMDOTA
Jā, Kangars gudri sacīja,
Par Lielvārdi Rīga daudz jaukāka,
Turp iesim, Lāčplēs.

SPĪDOLA
Mēs nedosim,
Ne viss vēl pieder karalim.
Mēs esam vēl brīvi, mums tiesības.

LAIMDOTA
Vai dzirdi tās negantās pretības!

KANGARS
Kungs, ļauj mums, lai mēs to satriektu
Un cietumā liktu kā gūstītu.

KOKNESIS
Hei! hei! Spīdola, liec,
Mans zobens tos visus kā spaļus triec.

(Izceļas troksnis, Spīdola un Koknesis ar saviem ļaudīm nāk
draudoši uz priekšu; kareivji izsaka rūgtumu, virsaiši un viņu kalpi
grib sekot Kangaram, lielākā daļa uztraukta un baidās no
sadursmes.)

ĻAUDIS
Ak dievs, jel klusi! -
Mēs turam šo pusi! -
Mēs esam vēl brīvi! -
Pret kungu tik spīvi? --
Mēs neesam vergi, mums tiesības! -
Uz kungiem vispirmāk ir jāklausās! -

BALSIS NO TĀLIENES
Rīga ir mūsu, mēs to cēlām,
Mēs rakām, kalām un akmeņus vēlām. -

VIDUS ĻAUDIS
Ak dievs, ak dievs, kas būs? kas būs? -
Vēl visus nelaimē ieraus mūs! -

LĀČPLĒSIS
(Sēd pa visu laiku drūmi, no sākuma kā izbrīnījies, tad aizvien
vairāk domās nogrimdams, it kā gribētu ko atcerēties vai saprast.)
Spīdola, kā tu teici?
Bez maiņas tu nesniegsi ne sava mērķa?
Mainies - mainies -?

SPĪDOLA
(Piepeši norimdama, lēni, kā atmiņās.)

115

Mainies ir tu uz augšu -

LĀČPLĒSIS
(Priecīgi.)
Mainies ir tu uz augšu -: pils uzcelta augšā!
Bet kādēļ vēl nespīd brīvības saule, kā solīts?
Zied laime, laime, -
Kā viena saime
Cilvēce līgo?

SPĪDOLA
(Sāpīgi.)
Maini un mainies pats uz augšu.

LĀČPLĒSIS
(Dusmās iekarsis, nāk uz priekšu.)
Es nesaprotu, vēl tagad to nespēju tvert:
Viss panākts? Viss beigts? Ir miers! Ko vēl ķert?
Vai to es gribēju,
Ko sasniedzu?

SPĪDOLA
(Gluži klusi, sapņaini.)
Tam, kas mani dzer,
Velgums acis ver,
Sapnī visu tas redz,
Ko tava nakts tev sedz.

LĀČPLĒSIS
(Nebēdīgi, naivi.)
Aizmirst visu, kas ir,
Visu, kas mūs vēl šķir,
Sāpes un ilgas beigt,
Mūžīgā vienībā steigt, -
Nāc, Spīdola!
(Piesteidzas pie viņas, skūpsta viņas rokas, gaida viņas
apskāvienus.)

SPĪDOLA
(Sērīgi.)
Lāčplēsi,

Tu manis vēl nedzirdi:
Vēl tavai gaitai nau gals,
Vēl tevi tālāk sauc mana balss:
Vēl tu tik ārveidu skāri,
Pār sevi tev būs pāraugt pāri!

LĀČPLĒSIS
(Uzlēkdams, jautri.)
Hoho! Es tālāk neklausos,
Būs ceļš, es iešu cīniņos!
Visām šaubām gaist,
Dzīve man dzīslās kaist!
Nāc, Laimdota, nesēdi dusmīga,
Še mūsu Spīdola!
(Paņem Laimdotu aiz rokas un pieved to Spīdolai; abas lepni
atturas.)
Ho! Lai nu miera svētkus svinam!
Visus līdz mēs priecīgus zinām.
Šurp kausus, kausus!
Lejat tos pilnus un dzerat sausus!
Visi par viesiem man ielūgti,
Draugi un bijušie naidnieki!

VĀCIETIS
Kā būs ar Rīgu?

LĀČPLĒSIS
Lūdz Spīdolu.

SPĪDOLA
Es apmesties jums atļauju.

*

(Ienāk s u l a i ņ i ar galdiem un dzeramiem traukiem un nes
dzērienus apkārt visiem sapulcētiem: h e r o l d i ieved iekšā vēl
citus viesus; ienāk arī s i e v i e t e s. Aiz pievērtā priekškara
redzams liels pulks ļaužu, kuri arī tiek pacienāti.)

DZĪRU DZIESMA
Vīns lai puto, pāri līst,

Dzīve kūso, bēdas šķīst -
Heij, heija, heij!
Dzer un atkal lej!
Aizvilkās auka
Gar debess malu,
Saulziedi plauka
Pa kalna galu -
Heij, gaviles, gavilējat!
Izdzerat kausus un atkal lejat!
Mēs ilgas sniedzam,
Lai saucam, kliedzam:
Heij, heija, heij!
Heij, heija, heij!
Misrs, laime, laime,
Kā viena saime
Dzimtene līgo!
Lai kokles stīgo,
Lai griežas dejas,
Lai dzied, lai smejas:
Heij, heija, heij!

JAUNIE ĻAUDIS
(Sāk rotaļas, cīņas ar spēkošanos.)

DZĪRU DZIESMA
Lai šķēpi dārd,
Nu vadzī tos kārt,
Ar vairogiem ripas kaut,
Ar zobeniem rudzus pļaut,
Uz mēteļiem bērniem gult,
Uz bungām pupas kult!
Heij, heija, heij!
Vīns lai puto, pāri līst,
Dzīve kūso, bēdas šķīst,
Dzer nu atkal lej,
Heija, heija, heij!

AIZ PRIEKŠKARA
(Klusi noskan, visi uzklausās.)
Vai, vai, mani mīļie!

LĀČPLĒSIS
Kas tur vēl vaida?
Saukt visus dzīrēs, ja vēl kāds gaida!
(Liek atraut priekškaru vaļā; Daugava atspīd saulē, bet viņpusē
melni debeši.)

TĀLĀS BALSIS
Par zemu esam,
Nespējam kāpt,
Zemes smagumu nesam,
Nāc mūs glābt!
Iz dziļumiem tevi saucam,
Sen mūžus uz augšu traucam -
Vai, vai, mani mīļie!

LĀČPLĒSIS
(Iziet uz lieveni ārā.)
Kas tur sauc? Kas tie ir?
Laist šurp! Kas tautu no manis šķir?

VIRSAIŠI
- Tur Daugava vaid!
- Tāļš negaiss krāc -
- Priekškaru priekšā laid -
- Istabā tverties nāc.

SPĪDOLA
(Bailīgi, klusi)
Maini un mainies pats uz augšu.

TĀLĀS BALSIS
Mēs asaru Daugavā vaidam,
Tevis sen mūžiem mēs gaidām.

LĀČPLĒSIS
(Atpakaļ nākdams.)
Vai nezin neviens, kas tur vaida?
Saukt visus šurp, kas vēl gaida!
(Ienāk M e l n a i s b r u ņ i n i e k s, akls, ļoti bagāti ģērbiēs, viņš
tiek vests no kāda zēna.)

SPĪDOLA
(Iekliedzas.)
Ā!

LAIMDOTA
(Stāv kā sastingusi, kauss viņai izkrīt no rokām.)

LĀČPLĒSIS
(Tu tikai vēl atgriežas un ierauga bruņinieku.)

KANGARS
Te bija vēl viens, kas gaida.

LAIMDOTA
Nelaid, nelaid! Kas to še laida?

LĀČPLĒSIS
Viņš viesis, - šodien ir katrs lūgts.
(Melnajam bruņiniekam tiek pasniegts vīns un ēdiens, tas to neaizskar.)

LAIMDOTA
Vai! Lāčplēs, šis viesis kļūs tev rūgts.

KANGARS
Heij, jautrāk dejā griežaties!
Šurp, jaunie, lai redz, kā jūs laužaties!

VIESI
(Atkal apsēdušies; tiek dejotas dejas, un jaunie kareivji izaicinājas viens otru un spēkojas.)

KANGARS
Vai veciem ar spēkoties neuznāk prieks?
Lai lauzties nāk kāds stiprinieks!
(Iet lauzties kāds liels vācietis stiprinieks un nosviež vairākus latviešus.)

VĀCIETIS
(Sūtnis.)
Ē, ko nu jūs lielāties, latvieši!

120

Tik spaļi - ja. neskaita Lāčplēsi.

KOKNESIS un VIRSAIŠI
Ho! Ho!

KANGARS
Jā, Lāčplēsis stiprākais pasaulē!

MELNAIS BRUŅINIEKS
Varbūt, ka tik jūsu zemītē?
(Troksnis kareivjos.)

KANGARS
Tam pretnieks nekad vēl nau atradies!

MELNAIS BRUŅINIEKS
He! tad viņš no cīņas gan atteicies?

LĀČPLĒSIS
(Uzsit ar šķēpu uz grīdas.)
Ho! ho!

SPĪDOLA un LAIMDOTA
(Lūko to atturēt.)

KANGARS
Mūžam no cīņas nau Lāčplēsis bēdzis!

MELNAIS BRUŅINIEKS
- Kad pretnieks pa jokam to rokās ir slēdzis,
- Bet nopietnā cīņā -? sirds nesašļuks?
No cīņas aiz dažādām izruņām muks!
(Koknesis un virsaiši, un visi kareivji iesaucas dusmās.)

KANGARS
Tu zaimo!

MELNAIS BRUŅINIEKS
Nu, nāc tad, Lāčplēsi!
No manis vēl visi ir mukuši!

LAČPLĒSIS
(Lēni pieceļas no troņa krēsla, bet uz Spīdolas mājienu atkal atsēstas.)

LAIMDOTA
Tu viesis, ar viesi nau cīniņa.

MELNAIS BRUŅINIEKS
Es neēdu še vēl ne kumosa!
Ko līdz tavas sievas izruņa?
(Troksnis, kareivji nāk uz priekšu.)

LĀČPLĒSIS
(Lūko atkratīt Laimdotu, kas viņu apskāvusi.)
Laid, ilgāk man rokas vairs neciešas!

SPĪDOLA
Tu karalis! lauzties tev neklājas!
Klus', svešniek, izturies cienīgi,
Tu runā še ar karali!

MELNAIS BRUŅINIEKS
Ā, lūk! - Un man teica - ar v a r o n i!
Tu varonību slēp purpurā,
Par tevi runā sieva un mīļākā!

LĀČPLĒSIS
(Nomet purpura mēteli un noliek pie malas zeltīto šķēpus-scepteri.)

KOKNESIS
Ha! Ļauj man viņu gabalos plēst,
Ja netīk tev apsmieklu asinīm dzēst!
(Troksnis aizvien atkārtojas, ļaudis top nemierīgi.)

MELNAIS BRUŅINIEKS
Jā, svešām rokām liec ogles raust!
Es viesis visu tautu šo gribu šaust!
(Troksnis augstākā pakāpē: visi saceļas kājās un kliedz.)

ĻAUDIS

122

Atrieb! atrieb! nosit to suni! asinis! visu tautu viņš zaimo! atrieb!

LĀČPLĒSIS
(Izraujas no Laimdotas rokām, nostājas istabas vidū un sāk jostu
sasprangot. Spīdola viņam stājas ceļā.)

KANGARS
Nost priekškaru! lievenī sataisat vietu!
Jo Lāčplēsis neļaus, ka tautu tā smietu.
Gan ilgi no cīņas viņš vairījās,
Bet dūša nu reiz viņā pamodās.

KOKNESIS
(Uz Kangaru.)
Klus'!

LĀČPLĒSIS
Hoho! Nāc!

SPĪDOLA
Stāv', Lāčplēsi,
Vai pretnieks tevis cienīgs, to nezini.

LĀČPLĒSIS
Kas esi?

MELNAIS BRUŅINIEKS
Es nāku no tatāriem,
Visas zemes tie min zirgu pakaviem,
Tā tevi un latvjus es samīšu
Un gaismas pils gaismu dzēsīšu!
(Izvelk z e l t a   z o b e n u, uztraukums ļaudis.)

TĀLĀS BALSIS
Vai, vai, mūsu mīļie!

LĀČPLĒSIS
Nu dzirdi, viņš ļaunuma pēdējais spēks, -
Dod šķēpu, še necīnīties ir grēks! -
Man šķita, viss panākts, mans uzdevums beigts,
Un dusa ir nāve, lai darbs ir sveikts!

123

SPĪDOLA
Nē, Lāčplēs, še viltus! - ja necīnies,
Tad veiksi, - bet kritīsi cīnoties!
Tavs liktens te: aklais, tam zobens ir zelts,
Pret tevi un tautu ļauns ierocis celts!

TĀLĀS BALSIS
(Tuvāk.)
Vai, vai, mūsu mīļie!

MELNAIS BRUŅINIEKS
Tu velti to glābt gribi, Spīdola,
Jums neizbēgt abiem no likteņa.

SPĪDOLA
Pret mani tu nespēj, un liktens varu
Es laužu, ja pārvēršu Lāčplēša garu.

MELNAIS BRUNINIEKS
Bet tu to nespēj, tas liktens, haha!

SPĪDOLA
Vēl esmu es spīdošā Spīdola!
(Uz Lāčplēsi.)
Lāčplēsi, mainies uz augšu, ne šis tavs darbs!
Tev lielāks darbs: priekš tautas dzīvot, ne mirt!
Tauta tik pārvarama, kad kriti tu!
Ar viltu tie kaitina tevi uz cīniņu!
Sargies, un tauta dzīvos, vadi to tu,
Topi stiprākais arī garā,
Spēks nau vien tikai viesuļa sparā.
Še katris vājākais pastāvēs,
Tevi, stiprāko, liktens nonāvēs.

KANGARS
Jā, taupies, varon, sūti tik mani,
Pats mierīgi savas avis gani
Ar savu mīļāko. - Latvieši,
Mēs vēlēsim citu sev vadoni!
(Troksnis, piekrišana.)

SPĪDOLA
Spiegs! noslēpumu tu nodevi,
Nu kaitinot nāvē dzen Lāčplēsi!
Tad mirsti!

KOKNESIS
Tev netīrs taps šķēps un rokas,
No nūjas lai čūska zemē lokās.
(Nosit Kangaru un noslauka nūju.)

KANGARS
(Mirdams.)
Es arī mūžīgs! Še burvība,
To ņemat! - Vēl neveici, Spīdola!
(Spļauj uz grīdu.)

KĀDS VIRSAITIS
(Spļāvienu nolaiza, tā Kangara burvību paņemdams.)

VIRSAIŠI
Vai! briesmas! To nosit, bet pretnieku ne!

LĀČPLĒSIS
Daudz goda tam sunim tu novēlē.

SPĪDOLA
Viņš tevi nodevis, viņš kaitinājis -

LĀČPLĒSIS
Es, Spīdola, pats būtu cīņā gājis,
Nu tiem tu ļauj mani spiest. -
Tu saki, šai cīņā man nāvi būs ciest -
Es reiz jau miru, kad domājos mērķi nesniedzis,
Nau grūti mirt!
Bet grūti ir sevi nepiepildīt.
Es redzu, še liktens mani gaida -
Es tomēr eju!

SPĪDOLA
Mainoties uz augšu, tu likteni pārspēsi!

LĀČPLĒSIS
Es lūstu, kad mainos; es gatavs no sākta gala,
Tu gribēji mani mūžībā pacelt, bet lauzi,
Kodolam augot, pārsprāga čaula;
Manā bruņā nu plaisa.
Man svešas šaubas cēlās, es neticu sev,
Es gribu šo cīņu uzņemt, lai ticētu atkal
Un tiktu pilnīgs.
Tu liki cīņu ar vāciem līdz galam vest,
Ko tagad šo liedz?

SPĪDOLA
Tur cīņa bij gudra, tur varēja tikai veikt,
Še tikai krist.

LĀČPLĒSIS
Tik likteni izpildīt mana gudrība,
Man taisni uz priekšu iet vajaga,
Tur daudziem bij krist, daudz asinīm līt,
Še būšu es tikai viens, kas krīt.

SPĪDOLA
Tu daudzu, tu visu vērts.

LĀČPLĒSIS
Tu daudzu vērts, tā katris var teikties,
Es stiprāks gan, bet visi kopā to atsver -

SPĪDOLA
Nekad, nekad!

LĀČPLĒSIS
Visa tautas dzīve tūkstots gados ir lielāka
Par katra lielakā varoņa negaro dzīvi,
Pēc manis nāks citi, kas izvedīs gaitu galā.

SPĪDOLA
Nē, līdzi tev Latvija kritīs.

LĀČPLĒSIS

Un, ja viņa krīt, tad nebūs gan bijusi vēl
Pilnīga spēkā, ka varētu stāvēt par sevi,
Ja savu likteni saista pie viena vīra.
Mūžam man nedzīvot taču šai zemes virsū,
Reiz taču pienāks Latvijai krist ir tā;
Paliec tu un vadi, tu stipra un gudra,
Caur gadu simteņiem nākotnē redzi -

SPĪDOLA
Es redzu: pie tava vārda saistīsies
Latvju sajūsmība caur gadu simtiem;
Un atkal ies varoņi taisnā ceļā
Bez izruņām, bez gudrības līkiem ločiem,
Bet tāļš uz nākotni būs viņiem skats,
Tie augdami nelūzīs, nebūs vieni,
Tie spēku nemitoši iz tautas smels,
Tos vienas zemes robežas neieslēgs šauri,
Ne zeme pret zemi tad karos,
Bet visas kopā pret tumsu.
Tad aklais melnais uzveikts kļūs!

LĀČPLĒSIS
Hoho! Mūsu būs uzvara! Hoho!

TĀLĀS BALSIS
(Līdz ar Daugavas vaidēšanu vēl tuvāk.)
Vai, vai, mani mīļie!

LAIMDOTA
(Kura bija noģībusi, attopas un krīt Lāčplēsim lūgdamās pie
kājām.)
Neej, neej, neej, kur palikšu es?

LĀČPLĒSIS
Tu mana laime, no mūžiem man dota,
Tev paliek mana s i r d s!
Spīdola, sargā viņu un vadi zemi,
Tev paliek mana d v ē s l e u n g a r s.

SPĪDOLA
Es negribu zemes, bez tevis man dzīves nau.

Es atmetu debesis, un zeme man neatsver tās,
Viens ceļš, viens liktens mūs abus nes,
Tā veiksim mēs visas pasaules.

BALSIS
(Vaid pieņemdamās.)
Vai, vai, mūsu mīļie!
Vai, vai, mūsu mīļie!

LĀČPLĒSIS
(Brīvā skaļumā.)
Klus', vaidētāji! Hoho, hoho!
Es esmu piepildīts un brīvs,
Gars atkal ceļas spēcīgs, un spīvs! hoho!
Nāc, aklais, nāc!
Ko tavs negaiss tā krāc!

MELNAIS BRUŅINIEKS
Nāc un krīti,
Tumsa veic visam par spīti.

BALSIS
Nespēks tavu spēku lauzīs,
Smiltis tavas acis grauzīs,
Vai, vai, mūsu mīļie!

LAIMDOTA
(Sagrauzta, nespēkā.)
Mans spēks ir galā, tu biji mans spēks!
Bet man iekš krūtīm tava sirds,
Tā lielākās briesmās visspožāk mirdz!
Vēl es tev, vājā, palīdzēt varu:
Man teikts, es redzēšu, kā tu krīt',
Es gribu acis aizdarīt,
Tā tevi neveicamu daru,
Nāc vēl mani skaut,
Ne nāvei nebūs tevi no manis raut!
(Apskauj viņu, tad nokrīt pie troņa, galvu spilvenā apslēpdama.)

MELNAIS BRUŅINIEKS
Hahaha!

BALSIS
(Itin tuvu.)
Vai, vai, mūsu mīļie!
(Cīņa: Lāčplēsis pārcērt bruņinieka vairogu; kliedzieni. Laimdota
saceļas, bet neskatās. Melnais bruņinieks nocērt Lāčplēsim ausi:
kliedzieni.)

LĀČPLĒSIS
Dodat šurp man gaismas pils atslēgu!
(Noņem atslēgu no zelta spilvena, viņa sarūsējusi un nespodra.)
Ā, atslēga rūst,
Tu gribi krist un lūzt?
Es nespēju augt,
Bet nākotnei tomēr būs plaukt!
(Melnais bruņinieks sacērt atslēgu, tā krīt, bet nu atspīd spožā
gaišumā.)

SPĪDOLA
Spīdola spīd,
Pret dimantu zobens slīd,
Visa pretvara krīt.
(Nostājas Lāčplēsim priekšā; Melnais bruņinieks atvēzējas, bet
nevar cirst; ļaudis iekliedzas.)

LAIMDOTA
(Bailēs atgriežas, skaļi iekliedzas un steidzas pie Lāčplēša.)
Vai, Lāčplēsi, vai!
Es neizturu vairs tās mokas!

SPĪDOLA
(No kliedziena atgriežas uz Laimdotu un dimantu nolaiž.)

MELNAIS BRUŅINIEKS
(To izlietodams, nocērt Lāčplēsim otru ausi.)
Jākrīt lāčausij pēdējai,
Gaisti no manas rokas!

LĀČPLĒSIS
(Saķer bruņinieku un abi cīnīdamies nogāžas lejā.)

SPĪDOLA
Vēl cīņa nau galā un nebeigsies,
Tev, Lāčplēsi, Spīdola palīgā ies!
(Nolec līdzi.)

BALSIS
Vai, vai, mūsu mīļie!
(Priekškars.)

Also available from JiaHu Books:

Mīla stiprāka par nāvi - 978-1-78435-085-7

Lāčplēsis - 978-1-909669-49-9

Laimė Nutekėjimo 978-1-909669-36-9

Kalevala 978-1-909669-10-9

Laula Tulipunaisesta Kukasta - 978-1-909669-63-4

Kalevipoeg 978-1-909669-11-6

Made in the USA
Las Vegas, NV
08 February 2021

17456196R00080